KB121974

로크미디어가
유혹하는
재미있는 세상

ROK
MEDIA
로크미디어

천외천의 주인 36

2023년 6월 9일 초판 1쇄 인쇄
2023년 6월 14일 초판 1쇄 발행

지은이 한수오
발행인 강준규

기획 이기헌 왕소현 임동관 박경무 강민구 조익현
책임편집 오영란
마케팅지원 이원선

발행처 (주)로크미디어
출판등록 2003년 3월 24일
주소 서울시 마포구 마포대로 45 일진빌딩 6층
Tel (02)3273-5135 **Fax** (02)3273-5134
홈페이지 rokmedia.com **E-mail** rokmedia@empas.com

ⓒ 한수오, 2020

값 9,000원

ISBN 979-11-408-0723-9 (36권)
ISBN 979-11-354-8621-0 04810 (세트)

한수오 신무협 장편소설

36

천외천의 주인

| 금혁지난金革之難 |

차례

몽고의 발호 이십구 일째 날 새벽

설무백이 몽고군이 점거해서 진영을 구축한 장원에 도착했을 때, 장원의 전역은 물론 외곽까지도 치열한 격전장으로 변해 있었다.

그 와중에 그의 이목을 끈 것은 이전에 느낄 수 없었던 강렬한 마기였다.

장원이 시야에 들어왔을 때부터 이미 장원의 전역을 안개처럼 뒤덮고 있는 마기를 느끼긴 했다.

그런데 장원의 후방에서 유독 그의 심경을 자극하는 마기가 느껴졌다.

정확히는 그의 시각에서 우측 방면이었다.

그가 도착한 방향이 대문을 기준으로 장원의 우측면이었기 때문이다.

설무백은 지체 없이 그쪽으로 방향을 틀었다.

사태가 이 지경으로 급박하게 돌아갔다면 이미 아르게이의 목숨은 장담할 수 없었다.

혹시 모르니 확인해 봐야 한다는 생각은 하지 않았다.

다른 사람들에게는 내색하지 않았으나, 그는 어차피 아르게이의 생사에 대한 생각이 반반이었다.

살릴 수 있으면 살린다는 생각이었을 뿐, 굳이 전력을 다하는 등 무리를 하려는 생각은 전혀 없었다.

이유 여하를 막론하고 풀라흔도르곤과 그의 입장은 엄연히 달랐다.

아르게이의 죽음이 풀라흔도르곤의 입장에선 어렵게 이룩한 몽고의 통일이 무산되며 예전의 혼란을 야기하는 아픔일지 모르겠으나, 그의 입장에선 단지 중원을 노리는 적의 수장이 바뀌는 것일 뿐이었다.

솔직히 말해서 설무백이 바라는 것은 인간적으로 보다 더 나은 인물이 몽고의 정권을 잡는 것이 아닌지라 아르게이의 생사에는 별로 관심 없었다.

아르게이가 죽고 작은 그릇에 어줍은 인물이 몽고의 정권을 잡아서 마교의 하수인 노릇이나 할까 봐 우려할 뿐이었고, 풀라흔도르곤의 말대로라면 대화가 통할 사람이라고 생각했기 때문이다.

그리고 다른 한편으로 풀라흔도르곤의 말처럼 아르게이가 그만한 능력을 갖춘 인물이라면 아무런 대책도 없이 무작정 이런 만찬을 주최하지는 않았을 것이라는 생각도 가지고 있었다.

그 정도의 생각도 못했다면 아르게이는 풀르흔도르곤의 생각에 미치지 못한 인물이며, 그런 인물이라면 굳이 구해 줄 필요도 없다는 것이 설무백의 생각인 것이다.

'뻔히 대화가 통화지 않을 인물일 테니까.'

설무백이 아수라장으로 변한 장원을 목도하고도 굳이 아르게이의 생사를 확인하지 않고 본능이 이끄는 대로 예사롭지 않은 마기가 느껴지는 후원 뒤쪽의 산으로 향한 것은 바로 그 때문이었다.

소위 운명처럼 이끌린 것인데, 과연 그랬다.

강렬한 마기의 이끌림으로 도착한 그곳에서는 두 사람이 자못 놀라운 신위를 발휘하며 싸우고 있었다.

설무백은 첫눈에 그들의 정체를 알아보았다.

사전에 그들의 용모를 파악하고 있기는 했으나, 그에 앞서 그냥 자연히 느껴졌다.

격전을 벌이는 그들, 두 사람은 바로 마교총단의 실세라는 천마이공자 악초군과 작금의 마교에서 유일하게 악초군과 경쟁하고 있는 천마칠공자 야율적봉이었다.

기실 그는 인기척을 내서 악초군과 야율적봉에게 자신의 존재를 알리기 전에 이미 도착해서 그들의 격전을 감상하고 있었던 것이다.

"……!"

악초군과 야율적봉이 누가 먼저랄 것도 없이 동시에 고개를 돌려서 설무백의 존재를 확인하는 그 순간, 측면에서 쇄도한 칼날 하나가 그의 목을 향해 휘둘러졌다.

암중에 매복해 있던 자들 중에 하나였다.

설무백은 이미 파악한 상태이지만, 장내에는 적지 않은 고수들이 암중에 매복하고 있었다.

아마도 악초군과 야율적봉의 호위들이 감히 싸움에는 끼어들지 못하고 도사린 것으로 보이는데, 그들 중 누구의 호위인지는 몰라도 느닷없이 나타난 설무백을 반사적으로 공격한 것이다.

설무백은 순간적으로 상체를 뒤로 젖혀서 칼날을 피했다.

쐐액-!

칼날이 밤하늘을 향한 그의 시선을 스쳐 지나가는 사이에 또하나의 칼날이 날아들었다.

이번에는 뒤와 측면의 중간인 사각을 노리고 쇄도하는 칼날이었다.

설무백은 상체를 뒤로 젖힌 그 상태 그대로 손을 내밀어서 쇄도하는 칼날을 잡아 부숴 버렸다.

두 손으로 잡은 것도 아니고, 한 손을 내밀어서 잡은 것이라 구부릴 수도, 일그러뜨릴 수도 없는 상황이었는데, 칼날은 그의 손아귀에 잡히는 순간 그대로 산산조각 나서 비산했다.

무지막지한 내공을 지닌 강기가 그의 손에 서려 있었던 것이다.

"컥!"

칼날을 휘두른 자가 억눌린 비명을 내지르며 날아갔다.

두 손으로 자신의 목을 부여잡은 그의 손가락 사이로 피 화살이 뿜어지고 있었다.

산산조각 나서 비산한 칼날의 파편이 그의 목을 관통해 버린 것이다.

"잔뜩 얼어서 나서지도 못하고 구경이나 하고 있는 것들이 나는 만만해 보이나 보지?"

설무백은 특유의 미온한 미소를 지으며 투덜거리고는 주변을 훑어보며 경고했다.

"나서라. 또 누가 죽고 싶으냐?"

더는 나서는 자가 없었다.

다들 숨죽인 채 본래의 자리를 고수하고 그를 주시하고 있었다.

나름 고도의 은신법으로 암중에 숨어 있는 그들이지만, 설무백의 눈에는 잔뜩 움츠러든 그들의 일거수일투족이 훤히 다 보였다.

설무백은 그제야 주변을 훑어보던 시선을 거두며 악초군과 야율적봉을 바라보았다.

악초군이 뒤늦게 그런 그를 알은척했다.

"알겠다. 네가 바로 그 사신이라는 설 가 놈이로구나. 그렇지?"

설무백은 시큰둥하게 대꾸했다.

"이 마당에 내가 누군지 뭐가 중요해. 그냥 관심 끊고 하던 싸움이나 마저 끝내지?"

악초군의 눈빛에 살기가 감돌았다.

야율적봉이 그것을 보고는 은근슬쩍 대치하고 있던 악초군과 거리를 벌리며 싸늘하게 중얼거렸다.

"다른 무엇보다도 아랫것들부터 다시 단속해야겠군. 너에 대해 제대로 보고한 녀석이 하나도 없었군그래."

설무백은 짐짓 이맛살을 찌푸리며 물었다.

"뭐지 그 반응은? 설마 너 설마 생면부지였던 나를 인정하는 거냐?"

야율적봉은 그의 질문에 대답하지 않았다.

대신 설무백을 주시한 채로 악초군에게 말을 건넸다.

"사형, 정중하게 다시 제안하겠소. 잠시 휴전합시다. 저런 놈을 곁에 두고 사형과 싸울 수는 없소."

악초군이 코웃음을 쳤다.

"뭐가 무서워서? 내가 지금 저따위 애송이를 걱정해서 너를 놓아줄 성 싶으냐?"

야율적봉이 한숨을 내쉬었다.

"그렇게나 나를 높이 평가해 주는 것은 감사하오만, 실로 한심하구려. 충고하는데, 이참에 사형도 측근들이나 다시 한번 살펴보시오. 아무리 봐도 저자에 대한 정보가 나보다 더 부족한 것 같으니 말이오."

악초군의 눈가가 거칠게 씰룩였다.

바로 반박하지 않는 것을 보면, 그 역시 예사롭지 않은 설무백의 기도를 느낀 것이 분명했다.

야율적봉이 재빨리 말을 더했다.

"이미 밝혔다시피 나는 전력을 다하지 않았소. 거듭 말하지만, 내가 전력을 다 한다면 사형도 무사하지는 못할 거요. 과연 사형이 그 상황에서 팔악(八惡)과 십악(十惡)을 적수공권으로 일수에 처리한 저자를 온전히 감당할 수 있겠소?"

악초군이 살소를 머금었다.

"내가 못할 것 같으냐?"

야율적봉이 고개를 저으며 힘주어 말했다.

"아니오. 감당할 수 있다고 보오. 다만 사형의 상태도 정상은 아닐 거라는 데 내가 가진 전부를 걸 수 있소."

악초군의 눈가가 씰룩였다.

생각이 많아진 표정이었다.

전에 없이 예사롭지 않게 야율적봉을 노려보는 눈초리로 보아 황군이 난입할 것이라는 말보다 자신이 거느린 악인대의 수준을 가늠하고 있다는 사실이 매우 거슬리는 모양이었다.

야율적봉이 그에 아랑곳하지 않고 답답하다는 듯 말을 더했다.

"게다가 아직도 모르겠소? 저자가 지금 여기에 나타났다는 것은 저자 뒤에 황군이 있다는 소리요."

악초군이 혓소리를 내며 투덜거렸다.

"정말 꼴사납게 되었군."

야율적봉이 반색했다.

인정도 부정도 하지 않고 투덜대는 악초군의 태도를 인정으로 받아들인 것이다.

그는 기꺼운 표정으로 정중하게 공수했다.

"모처럼 이성적인 판단을 하셨구려. 고맙소. 그리고 기대하시오. 이번에는 내가 사형과의 자리를 마련해 보겠소. 그럼……."

"뭐야 시시하게?"

설무백은 작별을 고하고 자리를 떠나려는 태도를 보이는 야율적봉의 말을 자르며 자리를 털고 일어났다.

"모처럼 마교의 절대마공을 제대로 견식할 기회라고 잔뜩 기대했더니만, 사람 무안하게 왜들 그래?"

야율적봉이 대번에 싸늘해진 눈초리로 설무백을 쏘아보며 경고했다.

"건방지게 설치지 마라! 지금 내가 이 자리를 파하려는 것은 네놈 앞에서 사형과의 승부를 가리기 위해 전력을 다할 수 없음이고, 네놈의 뒤에 황군이 있음을 알기 때문이다."

천외천의
주인

설무백은 어이없다는 실소를 흘렸다.

"말 한번 거창하게 하네. 엎치나 매치나 어차피 겁나서 쥐새끼처럼 도망치려는 주제에 그렇게 말하면 뭐가 있어 보이냐?"

그는 이내 보란 듯이 어깨를 으쓱하며 말을 덧붙였다.

"그리고 이를 어쩌나? 그리 잘난 척을 해댔는데, 막상 내 뒤를 따라오는 황군은 병영에서 물이나 나르는 말단 졸자조차 하나도 없으니 말이다?"

야율적봉이 버럭 했다.

"같잖게 무슨 그런 말도 안 되는 거짓말을……! 내가 고작 그따위 기만술에 속을 것 같으냐!"

설무백은 마치 위세를 보이려고 거들먹거리는 뒷골목 건달처럼 보란 듯이 고개를 좌우로 흔들어서 우둑 소리를 내며 목을 풀었다.

그리고 씩 웃으며 말했다.

"그런 건 내가 알 바 아니고. 도망칠 생각이나 버려라. 나는 이 자리에서 너를 보내 줄 생각이 눈곱만큼도 없으니까."

그의 시선이 악초군에게 돌려졌다.

"물론 너도!"

야율적봉의 얼굴이 볼썽사납게 일그러졌다.

악초군과의 생사결에서도 절대 잃지 않고 지키던 그의 냉정한 심사가 흔들리는 모습이었다.

얄팍한 기만술에 불과하다고 생각하는 설무백의 도발 때문이 아니었다.

악초군이 설무백의 도발에 넘어간 듯 검붉게 이글거리는 두 눈을 희번덕거리고 있었기 때문이다.

야율적봉은 다급하게 외쳤다.

"사형, 이미 나와 약속했지 않소! 절대 저자의 기만술에 넘어 가서는 안 되오!"

악초군이 슬쩍 야율적봉을 쳐다보며 히죽 웃었다.

"내가 언제 너하고 약속을 했다는 거냐? 난 그저 꼴사나운 상 황이라 꼴사납게 되었다는 말을 했을 뿐이다."

야율적봉의 안색이 다시금 볼썽사납게 일그러지는 참인데, 설무백은 특유의 미온한 미소를 내비치며 악초군을 향해 엄지 손가락을 치켜세웠다.

"남잔데?"

당연하게도 거듭되는 도발이었다.

설무백은 정말로 악초군과 야율적봉을 이 자리에서 보내 줄 생각이 없는 것이다.

악초군이 연이은 그의 도발에 넘어갔다.

"하룻강아지 같은 것이 감히 누구 앞에서……!"

악초군의 전신이 대번에 검은 불꽃처럼 이글거리는 마기에 휩싸였다.

지난바 정념을 폭주시키고, 그것에 이끌려 내공을 도약시키 는 방법으로 수련하는 것이 바로 마공이며, 그래서 분노의 폭주와 마공의 경지는 떼려야 뗄 수 없는 관계라고 알려져 있었다.

지금 악초군이 그와 같은 마공의 정석을 보여 주는 것 같았다.

극도의 분노로 극고의 내공을 일으켜서 본연의 마기를 극대화시킨 것처럼 보이는 모습이었다.

"죽어라, 이놈!"

악초군이 마교의 후계자이며, 마교총단의 실세씩이나 되는 사람답지 않게 거친 욕설을 뱉어 냈다.

그와 동시에 땅을 울리는 '쿵' 소리가 나면서 그의 신형이 순간적으로 흐릿해졌으며, 또한 그와 거의 동시에 설무백의 면전에 나타나서 언제 어느 순간에 뽑아 들었는지 모를 칼을 휘둘렀다.

그들의 싸움이 그렇게 시작되었다.

악초군이 쇄도하기 직전에 보인 행동은 실로 특이하다 아니할 수 없었다.

주변에 있던 사람들 중 제대로 본 사람이 거의 없는 그것을 설무백은 정확히 보았다.

우선 두 손을 비스듬히 사선을 그리며 후려치듯 좌우로 펼치며 상체를 앞으로 기울이며 한 발을 크게 내딛었다.

그 순간에 땅이 진동하는 '쿵' 소리가 터진 것이다.

찰나의 순간에 스쳐 지나간 동작이지만 마치 성난 무소나 멧

돼지처럼 당장에 달려가서 머리로 들이받거나 짓눌러 버리려는 듯한 자세처럼 보였다.

얼핏 보기에는 독특한 형태의 진각이 아닌가 싶었다.

하지만 그 이후에 바로 연결된 무지막지한 쇄도로 인해 진각이 아님을 알 수 있었다.

보법이었다.

그게 단순한 비무든 목숨을 건 생사결이든 간에 대적하는 무인의 자세는 상대의 공격에 대비하면서도 자신의 공격이 용이한 태세가 기본이었다.

무공의 고하를 막론하고 대부분의 무인들이 말을 타는 자세와 같다고 해서 기마보(騎馬步) 또는 기마세(騎馬勢)라고도 불리는 마보(馬步)의 형태보다 두 발을 갈지자[之]처럼 비스듬히 벌리며 체중의 절반 이상을 뒷발에 두고 나머지 무게를 앞발에 두는 형태의 궁보(弓步)를 선호하는 이유가 거기에 있었다.

어떤 순간에도 전후좌우의 움직임이 원활한 궁보의 형태가 상대의 공격을 쉬이 흘릴 수 있고, 언제든지 반격을 가하기에 용이한 것이다.

그러나 악초군의 태세는 그 어느 것과도 전혀 달랐다.

상체를 앞으로 기울이며 한 발을 앞으로 크게 구르는 동작인지라 좌우로 이동하는 것은 물론이거니와 물러선다는 것을 도외시한 자세였다.

그야말로 전진만을 목적에 두고 있기에 발을 구름과 동시에 이미 공격이 시작되는 태세였고, 실제로 흡사 무지막지하게 거칠고 가늠하기 어려울 정도로 파괴적인 기세가 순간적으로 폭발해서 튕겨지는 것처럼 보이는 쇄도가 바로 이어졌다.

요컨대 진각으로 보이는 보법이면서도 그 속에는 어지간한 고수도 감히 다가설 수 없는 수비는 물론, 가공할 정도로 막강한 공격 또한 내포되어 있는 동작이었다.

이른바 수비와 공격을 포함하는 보법인 것이다.

세상에 그런 무공이 뭐가 있을까?

설무백은 바로 답을 구할 수 있었다.

강호무림의 역사를 거슬러 올라가도 그런 신위의 무공은 고작 두 가지밖에 없었다.

소림사의 금강부동신법(金剛不動身法)과 마교의 천마군림보(天魔君臨步)가 바로 그것이었다.

'천마군림보!'

무림 역사상 보법의 최고봉을 다투는 마교의 보법이었다.

마교의 절대자인 천마를 위해서 만들어졌고, 그래서 단지 태세를 취하는 것만으로도 상대를 위축시키는 기세로 가공할 압력을 행사하는 무공, 마교 교주의 신위와 위엄을 상징함으로 일개 종파의 종사만이 가질 수 있는 기품과 파괴력을 내포하고 있는 절대의 마공이 지금 악초군을 통해서 재현되고 있는 것이었다.

다시 말해서 지금 악초군은 인간의 육체로 인간의 상상을 초

월하는 가공할 힘을 발휘해서 태세를 취하는 것만으로 이미 설무백에게 공격을 가한 셈이었다.

그리고 그건 단순히 이론적인 계산에 한정된 것이 아니라 실제로 그랬다.

악초군이 크게 발을 구르는 그 순간에 설무백은 무언가로 한 대 맞은 것처럼 가슴이 뻐근했던 것이다.

'그렇다면……?'

천마군림보와 어울리는 아니, 그 기세에 꿀리지 않고 오히려 압도하는 파괴력이 느껴지는 지금의 이 칼질은 대체 무엇일까?

설무백은 그런 의문이 떠오르는 순간과 동시에 우선 뒤로 물러나서 악초군의 공격을 피했다.

마주칠 수 있었으나, 마주치지 않았다.

두 가지 이유가 있었다.

우선 천마군림보의 위세를 압도하는 검법은 오직 하나였다.

천마불사신공이라 불리는 천마신공과 천마군림보와 더불어 마교교주인 천마의 삼대마공 중의 하나인 아수라파천무, 달리 마검파천황(魔劍破天荒)이라고 불리는 마교최고이자 마도최강의 검법이 바로 그것이었다.

아직 그는 아수라파천무의 진정한 위력을 가늠할 수 없어서 마주치기보다는 피하는 것을 택한 것이다.

그리고 두 번째 이유는 속도였다.

설무백은 눈에 띄게 고강한 상대를 마주하면 늘 자신만의 시간과 공간에서 생각하며 움직였고, 지금도 그랬다.

그런데 지금 펼쳐진 악초군의 공격은 그런 그에게 보고 판단하고 결정할 수 있는 여유를 주지 않았다.

미처 보고 판단할 사이도 없이 그의 전면으로 육박했다.

상대적으로 빠르게 움직이면 상대의 움직임이 둔하게 보이기 마련이라 얼마든지 그만의 시간이 흐르는 공간에서 여유를 가질 수 있는데, 지금은 그럴 수가 없었다.

악초군은 그만의 시간과 공간에 침투할 수 있을 정도로 빠른 능력을 갖추고 있는 것이다.

휘우우웅―!

가공할 파공음이 설무백의 면전을 스치고 지나갔다.

검은 불꽃같은 마기의 흐릿한 잔해가 그의 시선 아래 목선을 타고 흐르고 있었다.

악초군이 휘두른 검극이 그의 코끝에서 종잇장 하나 차이로 스쳐 지나간 것이다.

순간, 설무백의 두 눈이 백색의 광채를 발했다.

그가 실로 오랜만에 전신의 내공을 끌어 올린 것인데, 동시에 그는 수평의 반원을 그리며 돌아가는 악초군의 검극을 눈으로 쫓고 있었다.

흐릿한 잔영으로만 보이던 악초군의 검극이 그의 시야에서 선명해졌다.

단순히 속도만을 놓고 가늠해 볼 때 악초군이 그와 비등할지는 몰라도 빠르지는 않다는 방증이었다.

설무백은 그 즉시 반원을 그리며 물러가는 악초군의 검극을 향해 손을 뻗어 냈다.

청광을 발하는 청마수나 거무튀튀한 묵빛의 구철마수와 달리 그저 은은한 빛을 발하는 손, 무극신화수였다.

"......!"

악초군의 눈이 커졌다.

경악과 불신이 차오르는 눈빛이었다.

당연한 반응이었다.

자신의 공격을 회피한 것만으로도 그는 충분히 놀라고 있었는데, 반격까지 해 오는 것이다.

그는 지체 없이 보다 더 빠르게 검극을 당기며 물러났다.

다른 사람의 눈에는 그저 흐릿할 뿐, 그의 동작을 전혀 볼 수 없었지만, 설무백의 눈에는 변화하는 그의 눈빛은 물론, 그의 행동 하나하나가 정확히 보이고 있었다.

"속도라면 나도 자신 있지."

말보다 빠르게 움직인 설무백의 신형이 물러나는 악초군을 그림자처럼 따라붙었다.

악초군이 싸늘한 코웃음을 날렸다.

"과연 얼마나 빠른지 한번 볼까?"

한순간 악초군의 모습이 다시금 흐릿해졌다.

고도의 신법을 발휘해서 지상과 허공을 오가며 연속해서 자리를 이동하고 있었다.

쉬이이익—!

예리한 소음이 꼬리를 물고 이어졌다.

흐릿하게 보이는 악초군의 신형이 장내를 가득 메우고 있었다.

설무백은 씩, 하고 웃었다. 그리고 그도 거짓말처럼 흐릿해지며 그 자리에서 사라졌다.

고도의 신법을 발휘해서 악초군의 뒤를 추적하고 있었다.

그게 무엇이든, 어떤 식으로든 도전을 피할 그가 아닌 것이다.

순간, 드넓은 장내가 흐릿하게 변한 그들, 두 사람의 신형으로 빼곡하게 들어차 버렸다.

쒸이이익—!

바람을 가르는 칼날의 소리처럼 예리하게 갈라지는 파공음이 사방으로 비산하는 가운데, 허깨비처럼 흐릿한 그들, 두 사람의 신형이 어디에도 있는 것 같지만 어디에도 없는 환상을 연출하고 있었다.

그야말로 속도의 싸움, 아니, 격전이었다.

그러나 사태는 명확했다.

장내를 맴돌며 쫓고 쫓기는 추격전이었다.

비록 선명하게는 아니지만, 적어도 한 사람은 그것을 눈으로 쫓으며 확인할 수 있는 능력의 소유자였다.

야율적봉이 바로 그 주인공이었다.

'대체 이게 무슨……!'

야율적봉은 실로 눈이 돌아가고 있었다.

악초군이 천마군림보를 익혔다는 것은 익히 잘 알고 있었으나, 이 정도의 경지를 이룬지는 몰랐다.

그런데 그런 악초군의 속도를 따라가는, 아니, 서서히 따라잡고 있는 설무백의 능력은 실로 그를 경악과 불신에 빠지도록 만들고 있었다.

그때 쫓고 쫓기는 장내의 상황에 변화가 일어났다.

설무백이 한순간 속도를 더해서 악초군을 앞질러 버렸던 것이다.

"익!"

악초군이 피가 나도록 입술을 깨물며 설무백의 뒤를 추적하기 시작했다.

우습지 않게도 이제 상황이 역전돼서 설무백이 쫓기는 자가 되었고, 악초군이 쫓는 자가 되었다.

그리고 이제 더 이상은 상황이 바뀌지 않았다.

놀랍다 못해 어처구니가 없게도 악초군은 설무백의 속도를 전혀 따라잡지 못했다.

악초군은 사력을 다해서 쫓는 모습인 데 반해 설무백은 종종 뒤를 돌아보며 거리를 확인하는 혹은 유지하는 여유까지 보이고 있었다.

야율적봉의 입장에서는 실로 경천동지(驚天動地), 놀랍기 짝이 없는 사태였다.

천마군림보는 단순히 거칠고 파괴적인 기세로 방어와 공격을 포함하는 신법이기만 한 것이 아니었다.

이른바 절대마공인 천마신공으로 길러진 파천(破天)의 의지를 기반으로 하기 때문에 천하의 그 어떤 신법도 압도하는 월등한 속도 또한 내포하고 있었다.

그런데 지금 그의 눈앞에서 천마군림보의 속도가 따라잡히는 황당한 사건이 벌어졌다.

'아직 이사형의 경지가 미흡한 건가?'

그럴 수도 있었다.

다만 야율적봉의 눈에는 전혀 그렇게 보이지 않았다.

지금 악초군이 드러낸 천마군림보의 경지는 이미 그가 상상하지 못한 경지를 넘어선 수준이었기 때문이다.

결론적으로 말해서 설무백의 능력이 천마군림보를 경지에 달하도록 익힌 악초군을 압도한다는 뜻이었다.

'어쩐다……?'

야율적봉은 선택의 기로에서 고민에 빠졌다.

지금 그가 선택할 수 있는 것은 두 가지였다.

하나는 지금이라도 나서서 악초군을 돕는 것이고, 다른 하나는 지체 없이 이 자리를 떠나는 것이었다.

다만 그의 고민은 그리 길지 않았다.

약간의 시간만 주어진다면 그는 어김없이 명왕유체의 마지막 단계인 유마지경에 올라설 자신이 있었고, 그때는 상대가 천하의 그 누구라도 두려울 것이 없었다.

'조금 더 구경하고 싶은 마음도 없지 않아 있긴 하다만……!'

야율적봉을 지체 없이 신형을 날려서 장내를 벗어났다.

지금은 안전을 도모해서 훗날을 기약할 때지 무모한 도박에 나설 때가 아니라는 것이 그의 결정이었다.

"역시나 얍삽한 새끼!"

설무백의 뒤를 쫓던 악초군은 뒤늦게 자리를 떠나는 야율적봉의 모습을 확인하고는 욕설을 뱉어 냈다.

그리고 이내 설무백을 따라잡기 위해 전력을 다하던 신법을 멈추며 정지했다.

설무백이 그것을 느끼며 따라서 정지하고는 그를 돌아보면서 무심하게 말했다.

"너무 분해할 것 없어. 이 자리를 벗어난다고 해서 내 손아귀를 빠져나갔다고 보기는 어려우니까."

악초군이 냉소를 날렸다.

"같잖게도 마치 벌써 나를 이긴 것처럼 말하는구나."

설무백이 짐짓 멋쩍어진 태도로 반문했다.

"그럼 내가 지금 졌나?"

악초군이 잔뜩 심사가 뒤틀린 사람처럼 입가를 씰룩이며 쏘아붙였다.

"꿈 깨라. 칠제의 면전이라 진짜를 꺼내지 않았을 뿐이다. 내 눈에는 아직 너보다 칠제가 더 거슬리는 존재니까."

설무백이 심드렁하게 다시 반문했다.

"그럼 이제 진짜를 보여 줄 건가?"

설무백이 심드렁한 태도로 다시 반문하자, 검은 불꽃처럼 이글거리면서 악초군의 전신을 뒤덮고 있는 마기가 크게 일렁거렸다.

"빠르다고 해서 강한 게 아니다!"

설무백은 수긍한다는 태도로 고개를 끄덕이며 대꾸했다.

"알아. 강하다고 해서 항상 이기는 것이 아니라는 것도 모르지 않고."

그는 이내 픽 웃으며 짧게 덧붙였다.

"하지만 빠르면 조금 더 유리하지 않을까?"

악초군이 싸늘하게 웃으며 검은 불꽃같은 마기로 인해 서슬조차 제대로 보이지 않는 수중의 마검을 쳐들어서 설무백을 가리켰다.

"진짜를 보여 주마!"

설무백은 대답 대신 먼저 손을 뻗어 냈다.

그의 손에서, 정확히는 소매 속에서 직선으로 쏘아져 나간 검은 빛깔의 광선이 태세를 취하려던 악초군을 덮쳤다.

이기어술로 펼쳐진 양날 창, 흑린이었다.

"……!"

악초군이 설마 설무백이 이런 기습을 가할 줄은 미처 몰랐던지 두 눈을 크게 뜨며 수중의 마검을 휘둘러서 방어했다.

깡―!

거칠고 요란한 금속성이 터지며 불꽃이 튀었다.

조각난 강기의 파편이 사방으로 비산하는 가운데, 의도와 달리 방향이 틀어진 흑린이 밤하늘 높이 비상하고 있었다.

놀랍게도 설무백의 이기어술이 처음으로 막힌 것이다.

도검 등의 무기를 심상(心象)으로, 즉 뜻이나 의지만으로 사용하는 이기어술이 전설의 무공이요, 모든 무인들의 꿈인 것은 막기가 거의 불가능하기 때문이다.

세상의 그 어떤 동작이나 움직임이 생각보다 빠를 것인가.

생각과 동시에 발현되는 이기어술은 실로 전광석화와 같아서 행동은 말할 것도 없고, 눈으로도 따라갈 수 없는 가공할 속도인 것이다.

그런데 놀랍게도 악초군이 그것을 해냈다.

설무백이 펼친 이기어창을 막아 냈고, 더 나아가서 막강한 경지로 튕겨 내 버렸다.

그 순간의 악초군은 어둠보다 더욱 어둡게 그늘졌다.

흡사 암흑의 덩어리로 보이는 모습이었다.

극고의 마기가 그가 손에 들고 있는 마검을 포함한 전신을 시커멓게 물들여 버린 것이다.

소위 천마불사공 혹은 천마호심공 불리는 천마의 신공, 이른바 천마불사신공이었다.

놀랍다 못해 충격적이게도 악초군은 천마의 삼대마공을 전부 다 습득한 상태였고, 적어도 설무백의 이기어창을 막아 낼 수 있는 경지에 올라서 있는 것이다.

그러나 정작 설무백은 조금도 동요하지 않고 마치 이미 예상했다는 반응을 보였다.

그의 신형이 어느새 악초군의 면전에 다가서 있었다.

이기어술로 펼친 흑린의 뒤를 따라서 쇄도했던 것이다.

그 속도가 워낙 빨라서 그의 신형이 동시에 두 곳에 서 있는 것 같은 환상을 연출하고 있었다.

"익!"

반격을 준비하던 악초군이 주춤 뒤로 물러나며 검게 타오르는 수중의 마검을 휘둘렀다.

설무백이 그 순간에 마검의 손잡이를 잡고 있는 악초군의 손목을 움켜잡았다.

속도에서 그는 악초군을 능가하고 있었다.

악초군이 그대로 당하지 않고 성난 멧돼지처럼 밀어붙였다.

설무백이 밀리지 않고 오히려 반발해서 악초군을 밀어붙였다.

악초군이 뒤로 넘어갔고, 설무백도 덩달아 쓰러졌다.

하나로 뒤엉켜 버린 그들의 신형이 엄청난 속도로 빙글빙글 돌아가며 바닥을 굴러갔다.

쾌직! 꽈광─!

그들, 두 사람의 몸이 굴러가는 바닥에 고랑이 파이고, 그들의 몸에 부딪친 석벽이 폭발하듯 산산조각으로 박살 나며 비산했다.

설무백이 그 와중에 다른 한 손을 내밀어서 악초군의 목을 움켜잡았다.

"크아아……!"

악초군이 괴성을 내지르며 몸부림쳤다.

설무백이 그게 아랑곳하지 않고 그의 목을 잡은 손에 더욱 강력한 힘을 가해서 그대로 바닥에 처박아 버렸다.

달리는 마차에서 떨어져 나간 바퀴처럼 바닥을 구르던 그들의 신형이 거대한 웅덩이를 만들며 멈추었다.

악초군의 목을 움켜잡고 짓누르는 설무백의 강력한 힘이 만든 웅덩이였다.

"크아아아……!"

악초군이 미친 듯한 괴송을 내지르며 설무백의 손을 벗어나기 위해 발광했다.

설무백은 그러거나 말거나 마검을 쥐고 있는 그의 손에 더욱 강력한 힘을 가했다.

악초군의 손이 벌어지며 마검을 놓았다.

설무백이 그 마검을 탈취해서 저 멀리 내던져 버렸다.

악초군이 그사이에 손을 들어서 설무백의 멱살을 움켜잡았다.

그런 그의 얼굴에 설무백의 사정없는 주먹질이 가해졌다.

꽝! 꽝! 꽝-!

요란한 굉음이 연속해서 터졌다.

흡사 강철의 공이로 철판을 두드리는 듯한 소음이었다.

강기와 강기의 격돌이라 그랬다.

악초군의 얼굴을 감싼 천마신공의 호신강기와 설무백의 주먹에 서린 무극신화수의 경기가 마주치며 폭음이 터지고 불꽃이 일어나고 있었다.

악초군도 그대로 당하고만 있지 않았다.

비록 바닥에 깔려 있기는 하나, 그도 한손을 쳐들어서 방어에 힘쓰며 다른 한손에 주먹을 쥐고 마구잡이로 휘둘러서 설무백의 턱과 어깨, 옆구리를 강타하고 있었다.

꽝! 꽝! 꽈광-!

거칠고 요란한 타격음 아래 검고 희뿌연 불꽃이 사방으로 튀었다.

깨지고 조각난 강기의 비산이었다.

주변의 공기가 우렁우렁 우는 가운데, 웅덩이 주변의 땅바닥이 지진을 만난 것처럼 진동했다.

막무가내로 한데 뒤엉켜서 싸우는 모습은 마치 뒷골목 건달들의 드잡이로 보이지만 실제는 전혀 그렇지가 않았다.

극강의 호신강기를 두른 고도의 고수들이 무지막지한 강기를 휘두르며 무식한 육박전을 벌이고 있는 것이다.

그리고 서서히 결판이 나려 하고 있었다.

악초군을 올라탄 설무백의 거센 주먹질에 비해 설무백에게 깔린 채로 휘두르던 악초군의 주먹이 한순간 느려졌다.

그리고 악초군의 얼굴에, 정확히는 코, 입술에서 피가 비치기 시작했다.

한손으로 막고 또 막았지만 결국 막지 못한 설무백의 거센 주먹질이 그의 호신강기를 무산시키며 얼굴을 강타한 시작한 것이다.

그때였다.

설무백이 한 손으로 악초군의 목을 힘껏 누르며 다른 한 손을 높이 쳐들었다.

그야말로 결정타를 내리꽂으려는 그때, 그는 등에 막중한 충격을 받고 바닥을 굴렀다.

무언가 보이지 않는 기운이 그의 등에 충격을 가한 것이다.

휘릭-!

설무백은 오히려 스스로 더욱 빠르게 바닥을 굴러서 그 자신이 만들어 놓은 웅덩이를 벗어나며 일어나서 자신의 등에 일격을 가한 적을 확인했다.

폐허로 변한 산비탈의 초입에 장대한 체구의 한 인영이 서 있었다.

어둠이 깔린 밤이지만, 설무백은 상대가 유난히 붉은 눈썹을 가진 노인임을 어렵지 않게 확인할 수 있었다.

'적미사왕!'

아마도 그럴 것이다.

붉은 눈썹을 가진 노인이 드물긴 해도 없진 않겠으나, 그가 아무리 다른 곳에 정신을 팔고 있다고 해도, 사전에 간파하지 못할 공격을 가할 수 있는 무공까지 겸비한 사람은 마교삼전 중 사왕전의 주인인 적미사왕밖에 없을 터였다.

그때 그 붉은 눈썹의 노인, 적미사왕이 순간적으로 흐릿하게 사라졌다가 막 웅덩이를 벗어나고 있는 악초군의 곁에서 모습을 드러냈다.

그러고는 바로 일어난 설무백을 매우 의외라는 눈빛으로 주시하며 악초군에게 말을 건넸다.

"어째 눈에 안 보이기에 혹시나 해서 찾아 나섰더니만, 무언가 일이 있기는 있었던 모양이구려. 대체 칠공자는 어디다 두고 저런 묘한 녀석과 놀고 있는 거요?"

악초군은 적미사왕의 말을 듣지 않고 있었다.

그저 광기에 물든 두 눈을 희번덕거리는 흉신악살의 모습으로 산발한 머리를 뒤로 쓸어 넘기고 슬쩍 소매로 입가의 피를 닦으며 설무백을 잡아먹을 듯이 노려보았다.

그 와중에 옆으로 내밀어진 그의 손으로 앞서 설무백이 저 멀리 내던졌던 마검이 날아왔다.

마검을 손에 쥔 순간, 악초군의 전신이 다시금 검은 불꽃으로 타올랐다.

엄청난 마기의 비등이었다.

문답무용(問答無用), 다른 설명은 필요치 않았다.

어디 한번 다시 해 보자는 태도였다.

적미사왕이 은근슬쩍 미간을 찌푸려서 붉은 눈썹을 모으며 그런 악초군에게 넌지시 말했다.

"어찌된 상황인지는 모르겠으나, 그만 자리를 떠나는 것이 좋을 것 같소."

악초군이 대답은커녕 거들떠 보지도 않고 뚜벅뚜벅 설무백을 향해 앞으로 나섰다.

설무백은 마다할 이유가 없었다. 아니, 그 역시 이 자리에서 끝장을 보겠다는 생각이었다.

앞서 느낀 악초군의 저력은 그조차 후환을 걱정할 정도였기 때문이다.

적미사왕이 재차 그런 그들 사이에 끼어들어서 한마디 했다.

"삼공자가 난입했소. 게다가 난데없이 혈뇌사야도 왔더구려. 그것도 예사롭지 않은 자들을 대동하고서 말이오. 그 덕분에 이 공자의 계획이 약간 틀어졌소."

설무백을 향해 나아가던 악초군의 발길이 멈추어졌다.

그는 설무백을 노려보는 채로 물었다.

"응애 울며 도망친 졸자와 집안 식구 싸움에 터져서 밖으로 나간 노물이 무슨 대수라고……?"

분노를 토하는 것 같던 악초군의 질문이 끝을 맺지 못했다. 뒤늦게 사정을 인지한 것이다.

그때 적미사왕 대신에 다른 사람이 나서서 그가 떠올린 사정을 말해 주었다.

앞서 적미사왕이 나타났던 방향에서 새롭게 나타난 세 명의 노인 중 하나였다.

"천사교주가 동원한 강시들이 대번에 허수아비가 되는 바람에 어쩔 수 없었소. 게다가 무슨 이유에서인지는 모르겠으나, 혈뇌사야 그놈이 잡아놓았던 아르게이를 빼돌리고, 그 와중에 삼공자가 난입하는 바람에 싸움을 제대로 끝낼 수가 없었소."

설무백의 뒤를 따라온 혈뇌사야 등이 샛길로 빠진 설무백과 달리 전장의 중심으로 뛰어들었던 것이다.

악초군이 신경질적으로 고개를 돌려서 사태를 설명한 노인을 노려보며 다그쳤다.

"아소부가 모습을 드러낼 일은 절대 없다고 장담한 것이 혁련 단주, 당신이었잖아!"

새로 나타나서 적미사왕의 말을 부연한 노인은 바로 마교총단의 단주인 혁련보였던 것이다.

그 혁련보가 곤혹스러운 표정을 지으면서도 빳빳이 고개를 쳐든 채로 악초군의 시선을 마주하며 대꾸했다.

"본인의 실책을 인정하오. 대가를 치르라면 얼마든지 치루겠소. 하나, 지금은 우선 물러납시다. 예상치 못하게 계획을 그르

쳤다는 것은 또 어떤 예상치 못한 사태와 위험이 도사리고 있을지 모른다는 얘기요."

악초군이 신경질적으로 물었다.

"노물들을 얼마나 놓친 거지?"

혁련보가 곤혹스러운 표정을 지우지 못한 채 대답했다.

"우리가 표적 중에서 제대로 처리된 것은 고작 두 사람에 불과하오. 나머지는 죄다 튀었소."

악초군이 지그시 입술을 깨물었다.

그 상태로 잠시 뜸을 들이던 그는 이내 싸늘하게 말했다.

"그래, 물러나도록 하지! 단, 저놈은 죽이고 가야겠어!"

설무백을 두고 하는 말이었다.

설무백은 웃었다.

그리고 적미사왕과 혁련보의 등장과 동시에 하나둘씩 모습을 드러내는 자들을, 그는 아직 모르고 있지만 내내 암중에 웅크리고 있던 악초군의 직속 수하들인 악인대의 고수들을 훑어보며 혼잣말처럼 대꾸했다.

"재밌는 싸움이 되겠네."

살기 어린 악초군의 눈가에 파르르 경련이 일어났다.

설무백의 심드렁한 태도가 가뜩이나 분노로 가득 찬 그의 심경을 더욱 자극한 것이다.

혁련보가 그 모습을 보고는 우거지상이 되었다.

일단 눈이 돌아가면 그 어떤 것도 상관하지 않는 악초군의 광기를 그는 익히 잘 알고 있는 것이다.

그러나 그는 이대로 그냥 포기하고 물러날 수 없었다.

악초군의 광기와는 무관하게 작금의 사태가 얼마나 급박한지 그는 익히 잘 알고 있었기 때문이다.

"감히 다시 청하는데, 어서 물러나야 하오! 이미 말했다시피 아르게이를 놓쳤소! 여기서 머뭇거리다가는 몽고의 수십만 병력을 상대해야 하오!"

제아무리 하늘을 나는 재주가 있어도 숫자에는 장사가 없는 법이었다.

오늘의 사태에 분노한 아르게이가 인근에 주둔시킨 몽고의 대군을 끌고 들이닥치면 그들로서도 감당할 재간이 없었다.

그렇다고 죽지는 않겠지만, 적잖은 손해가 일어날 것은 불을 보듯 뻔한 것이다.

게다가 문제는 그게 다가 아니었다.

자칫하면 그간 쌓아 놓은 기반을 일거에 잃을 수도 있는 오늘, 이후의 대책도 강구해야 했다.

아르게이의 성격상 중원보다 그들, 마교를 먼저 노리고 달려들 것이 자명하기 때문이다.

악초군의 눈가에 다시금 파르르 떨리는 경련이 일어났다.

의도치 않게 드러난 심경이었다.

그도 사태의 심각성을 모르지 않았다.

그가 시시때때로 미친 짓을 하는 것은 정말로 미쳐서가 아니라 그저 필요에 의해서 미친 척을 하는 것일 뿐이었고, 바보는 더더욱 아닌 것이다.

대책이 시급했다.

설무백의 난입으로 말미암아 본의 아니게 야율적봉을 놓친 마당이라 더욱 그랬다.

"이런 젠장! 날파리보다 못한 병신들 때문에 대사를 그르치다니, 정말 재수에 옴 붙었군!"

혁련보가 분노하는 악초군을 보며 내심 안도했다.

악초군의 분노는 포기를 의미하는 것이다.

그러나 그런 그의 얼굴이 다시금 휴지처럼 볼썽사납게 일그러지는 데 걸리는 시간은 매우 짧았다.

당연히 몸을 사리며 침묵하고 있을 것이라고 생각한 설무백이 나섰기 때문이다.

"얘기 다 끝났나? 그럼 이제 그만 시작하지? 사람 너무 오래 기다리게 하면 못써. 아주 큰 실례야."

몽고의 발호 이십구 일째 날 아침

혁련보는 곤혹스럽다 못해 울상을 지었다.

악초군은 분명 그의 설득에 넘어갔는데, 다시금 설무백의 도발에 넘어간 것이다.

'왜지?'

혁련보는 도무지 설무백을 이해할 수 없었다.

제법 고강한 무공의 소유자라는 얘기는 들었다. 그리고 폐허로 변한 장내와 바짝 약이 오른 악초군의 모습을 보면 그 말이 어김없는 사실인 것 같았다.

그러나 아무리 그래도 그렇지 지금과 같은 상황에서 어찌 저리 겁 없이 들이대는 것인가?

지금 장내에는 악초군과 그를 제외하고도 당금 마교를 주도

하는 마왕들 중에서 세 명이나 있었다.

그와 함께 온 두 노인은 바로 오행마가의 새로운 주인인 음양유마 광척과 귀천마가의 주인인 귀천마종 음조양인 것이다.

'눈치가 없는 거야 사람을 보는 눈이 없는 거야? 아니면 그냥 천방지축 날뛰는 천둥벌거숭이……?'

전부 다 말이 안 되는 얘기라는 것을 알면서도 절로 그런 생각을 하던 혁련보는 그제야 뒤늦게 악초군의 입가에 묻은 혈흔을 보았다.

평소 병적으로 단정한 용모를 유지하는 악초군의 머리가 흐트러져 있다는 것도 그때서야 확인했다.

"……!"

혁련보는 대번에 두 눈이 휘둥그레졌다.

'이공자가 밀렸다고?'

악초군의 무위는 다른 누구보다도 그가 가장 잘 알고 있었다.

비록 아직 절정에 달하지는 않았을 테지만, 단적으로 말해서 천마의 삼대무공을 습득한 사람이 악초군이었다.

평소 그가 시도 때도 없이 돌출하는 악초군의 광기를 내심 그러려니 하고 넘기는 이유도 일정 부분 거기에 있었다.

절대의 마공을 연성하는 도중에 생기는 자연스러운 현상이라고 생각하는 것이다.

그도 그럴 것이, 마공은 정념을 폭주시키고, 그 기운에 이끌려서 혹은 활용해서 내공을 도약시키는 것을 근간으로 하기 때문이다.

따라서 마공을 익히면 냉정한 성격은 더욱 냉정해져서 얼음처럼 차가워지고.

불같이 급한 성격은 더욱 급해져서 포악에까지 이르게 된다.

이른바 마성(魔性)이라는 것이다.

다만 그러면서 마공의 성취가 빠르게 진보하는 것인데, 그에 도취되어 무리하게 연성하다가 정념(情念)에 빠져 주화입마(走火入魔)함으로써 반병신이 되거나 죽음에 이르는 경우도 허다할 정도였다.

그러나 어쩔 수 없었다.

그것이 마공을 선택하고 익힌 자들인 마인이 감수해야 할 대가였다.

그것으로 인해, 바로 정념을 폭주시키는 방법을 사용하기에 마공은 정도의 무공과 달리 고도의 급성장이 가능하지 않은가.

게다가 제아무리 극한의 마성도 대성을 이루면 얼마든지 제어가 가능하고 말이다.

결국 악초군은 대성을 이루지 못했기 때문에 시도 때도 없이 정념이 폭주해서 광기를 드러낸다는 것이 혁련보의 판단인 것인데, 그렇기 때문에 악초군이 마교의 마왕들보다 약한 것이냐 하면 그건 또 전혀 얘기가 달랐다.

여타 마교의 마왕들은 악초군과 달리 이미 정념의 폭주를 제어하는 지경에 들어서 있는 것이 사실이지만, 그것이 악초군보다 강하다는 방증이 될 수는 없었다.

기본적으로 그들이 익힌 마공과 악초군이 익힌 마공의 크기가 다르기 때문이다.

악초군이 익힌 천마의 삼대무공은 명실공히 천하에서 고금제일을 논할 수 있는 절대의 마공인 것이다.

'그런데 저자에게 밀렸다고……?'

혁련보는 가슴이 오싹해지고 등골이 서늘해지며 정신이 번쩍 들었다.

악초군은 아직 대공을 성취하지 못했고, 그러므로 아직 정념의 폭주를 제대로 제어하지 못해서 언제나 주화입마에 빠질 위험성이 있다는 것을 항상 유념하고 주의해야 했다.

그래서 지금의 악초군은 위험했다.

여태까지는 넘어서지 못할 벽이 없었으니 나름 통제가 가능했을 테지만, 만에 하나 저 특이한 종자, 설무백이 그가 넘어설 수 없는 벽이라면 그야말로 끝장인 것이다.

'막아야 한다!'

악초군은 아직 대성을 성취하지 않았지만, 대성을 성취한다면 능히 천하를 굽어볼 절대자의 권자에 오를 수 있는 사람이었다.

적어도 혁련보의 판단은 그랬고, 그래서 물불 안 가리고 이번 싸움은 기필코 막아야 한다고 생각했다.

그러나 이미 늦었다.

명석한 두뇌의 소유자답게 그의 생각과 판단은 실로 그리 길지 않은 찰나에 이루어진 것이었지만, 설무백의 도발에 이를 갈며 나선 악초군이 너무 빨랐다.

"죽어라, 이놈!"

혁련보가 막을 사이도 없이 분노의 일갈을 내지른 악초군이 벌써 설무백의 면전에 육박해서 마검을 휘둘렀다.

검은 불꽃처럼 이글이글 타오르는 마검의 움직임이 눈으로 확인할 수 없을 정도로 빠르게 움직이며 수십 개의 환영을 일으키고 있었다.

그러나 설무백의 신형은 이미 그 자리에 없었다.

언제 움직였는지 모르게 사라진 설무백의 신형이 뒤쪽에서 나타났다.

마치 물거품처럼 꺼졌다가 저만치 뒤로 자리를 이동해서 다시 나타나는 이형환의의 신법이었다.

"죽어라! 죽어!"

악초군이 악에 받친 고함을 내지르며 거듭 쇄도해 갔다.

쿵쿵거리는 소리가 대지를 진동했다.

그저 악에 받쳐서 막무가내로 공격하는 것처럼 보이지만, 사실은 전혀 그렇지가 않았다.

마교의 전설적인 무공 중 하나인 천마군림보가 시전되고 있었다. 그리고 거기에 파괴적인 검법이 더해졌다.

콰과과과과—!

설무백이 뒤로 멀찍이 물러나는 바람에 본의 아니게 그들 사이를 가로막은 아름드리나무들이 쇄도해 가는 악초군의 마검에 스치며 산산조각 나서 흩어지고 있었다.

자르거나 하는 것이 아니었다.

걸리거나 스치는 것이 뭐든지 간에 부숴 버리고 바스러뜨리는 모습, 무식할 정도로 파괴적인 검법이었다.

아수라파천무 또는 마검파천황이라 불리는 마도최강의 검법이 드러낸 가공할 신위였다.

쐐애액—!

설무백이 이번에는 물러나지 않고 그대로 서서 쇄도하는 악초군을 맞이했다.

언제 어느 때 뽑아 들었는지 모를 한 자루 검이 그의 손에서 휘둘러지며 백색의 광체를 뿜어내고 있었다.

환검 백아였다.

앞서 그가 적수공권으로 악초군을 상대한 것은 순전히 악초군의 공력을 가늠해 보려는 생각이었을 뿐, 다른 의도는 없고, 그것으로 충분했던 것이다.

까깡—!

그야말로 흑색의 광채와 백색의 광채가 격돌하는 광경이었다.

그 격돌 아래 주변인들의 고막을 찢을 듯이 요란한 굉음이

쩌렁하게 울리며 흑색과 백색의 광채가 비산했다.

장내의 공기가 우렁우렁 울었다.

주변의 산하가 지진을 만난 것처럼 흔들리는 가운데, 거대한 초목이 부르르 몸을 떨며 낙엽을 떨어뜨렸다.

다음 순간, 그 속에서 흑색의 검극 백색의 검극이 하나처럼 붙어서 힘겨루기에 들어갔다.

설무백은 그간 단 한 번도 느껴 보지 못한 압력을 받으며 절로 안색이 굳어졌다.

격동의 여파로 느껴지는 가슴의 격통은 차치하고, 악초군의 마검과 마주친 백아가 부러질 듯 크게 휘어지고 있었다.

다만 악초군의 상황도 그와 다르지 않았다. 아니, 오히려 그의 상태가 더 심각했다.

설무백의 백아와 마주친 그의 마검도 이내 부러져 나갈 것처럼 크게 휘어진 상태였을 뿐만 아니라, 그의 입가로는 한줄기 핏물이 흘러내리고 있었다.

천마신공에 기반한 천마군림보에 이어 절대 최강의 마검법인 아수라파천무를 펼쳤음에도 상대 설무백을 파괴시켜 버리기는커녕 옷자락 하나 베어 내지도 못한 채 여지없이 막히며 그 여파에 그가 더 손해를 본 것이다.

그러나 보다 더 위험한 것은 설무백이었다.

"놈!"

적미사왕이 일갈하며 나섰다.

고도의 신법으로 흐릿해진 그가 빙판을 미끄러지듯 설무백의 후면으로 이동하며 주먹을 내질렀다.

어떤 마공을 운용한 것인지는 몰라도, 소리 없는 주먹의 기세가 설무백의 뒷등을 향해 날았다.

마치 사전에 약속이라도 한 것처럼 오행마가의 음양유마 광척과 귀천마가의 귀천마종 음조양도 누가 먼저랄 것도 없이 동시에 그들의 싸움이 끼어들었다.

취리리릭-!

광척의 손에는 어느새 비스듬한 곡선을 그리며 휘어진 서슬의 끝에 이리의 이빨처럼 날카로운 톱날이 튀어나와 있는 독특한 형태의 낭아도(狼牙刀)가 들려 있었는데, 그 칼이 생긴 모양새 그대로 거칠면서도 날카로운 기세를 일으키며 설무백의 우측면을 노렸다.

음양유마 광척의 손에 들린 무기는 상대적으로 짤막하지만 대신에 폭이 보통의 칼보다 배는 더 넓은 반월도였다.

그 반월도가 폭풍 같은 기세를 일으켜서 설무백의 좌측으로 쇄도하고 있었다.

찰나의 순간, 설무백의 안색이 심각하게 굳어졌다.

보통의 경우라면 그만의 시간이 흐르는 공간에서 다방면의 수비와 반격을 떠올려 봤을 테지만, 지금은 그럴 수가 없었다.

지금 공격에 나선 자들은 그만의 시간이 흐르는 공간을 침범할 수 있을 정도의 능력을 갖춘 고수들인 것이다.

결국 설무백의 선택은 최선의 결과를 바라지만 최악을 대비하고 움직이는 쪽으로 결정되었다.

우선 순간적으로 전신의 공력을 끌어 올린 그는 검극을 맞대고 있는 악초군을 밀어냈다.

악초군이 밀려 나갔다.

폭발하듯 순간적으로 발휘된 설무백의 완력을 그는 감당할 수 없었던 것이다.

설무백은 그 순간에 두 손을 좌우로 펼쳤다.

그의 왼손에 들려 있던 백아가 살아 있는 생명체처럼 펄떡이며 그의 손을 떠나서 쇄도하는 광척의 낭아도를 막았다.

마찬가지로 그의 왼쪽 소매 속에서 튀어나간 검은 광체가, 바로 흑린 또는 흑린이라 불리는 양날 창이 섬광처럼 뻗어져 나가서 광척의 반월도가 일으키는 폭풍을 관통했다.

때를 같이해서 돌아서며 교차된 그의 두 손이 뒷등을 노리던 적미사왕의 음유한 장력과 마주쳤다.

설명은 길었지만, 현실의 행동은 매우 짧았다.

여러 사람이 한꺼번에 움직이며 일어난 거친 파공음과 치열한 경기가 하나의 합쳐진 소음으로 들렸다.

그리고 그 모든 소리의 끝은 설무백의 교차된 팔뚝과 적미사왕이 쏘아 낸 기세가 마주치며 일어난 엄청난 소리였다.

꽝-!

마치 거대한 북이 울리는 듯한, 아니, 벽력이 치고 뇌성이 우는 듯한 굉음이었다.

그 뒤로 장내에 정적이 내려앉았다.

장내의 모두가 저마다 나름의 경악과 불신으로 굳어져 있었다.

그럴 수밖에 없었다.

설무백은 멀쩡했다.

산발된 백발이 바람에 휘날리고, 멀쩡했던 의복이 갈기갈기 찢어져서 너덜너덜하게 해진 모습이었으나, 별처럼 빛나는 눈빛으로 굳건하게 그 자리를 지키고 서 있었다.

그에 반해 일시에 나서서 설무백을 합공했던 마왕들의 모습은 조금 달랐다.

적미사왕은 격돌의 여파를 이기지 못하고 두 발로 바닥에 고랑을 만들며 저만치 밀려나가 있었다.

번개처럼 쇄도하며 낭아도를 휘두른 오행마가의 주인 광척은 스스로 펄떡이며 날아서 설무백의 손을 떠난 백아를 막아 낸 상태로 굳어진 모습이었다.

그의 낭아도와 마주친 백아가 살아 있는 생명체처럼 여전히 강렬한 힘을 가하고 있기 때문이다.

그러나 다른 누구보다도 가장 놀라운 것은 짤막한 반월도로 폭풍 같은 기세를 일으키며 달려들던 귀천마가의 주인, 귀천마종 음조양의 상황이었다.

음조양의 손에는 가히 폭풍과도 같은 기세를 일으키던 반월도가 들려 있지 않았다.

설무백의 이기어술로 날린 흑린과 격돌로 일어난 여파를 이기지 못하고 반월도를 놓쳐 버렸기 때문이다.

"무, 무슨 이런……!"

싸움에 나서지 않았기에 다른 누구보다도 먼저 모든 사태를 파악한 혁련보의 입에서 경악과 불신에 찬 신음이 흘러나왔다.

"괴물이……!"

'피해는……?'

혁련보는 본능적으로 허수아비처럼 경직되어 있는 자신의 실태를 파악하며 정신을 차렸다. 그리고 재빨리 악초군과 적미사왕, 광척, 음조양의 상태를 살폈다.

악초군도 작금의 상황에 충격을 먹은 것으로 보였다.

앞서 주룩 밀려 나간 상태 그대로 설무백을 노려보고 있었다.

광기 어린 그의 평소 성격을 감안한다면 실로 이채로운 일이 아닐 수 없었다.

적미사왕과 광척, 음조양도 다르지 않았다.

수중의 칼을 놓친 음조양이 수치심으로 붉게 달아오른 얼굴인 것을 제외하면 다들 냉정한 눈초리로 설무백을 바라보고 있었다.

애써 경악과 불신을 억누르는 모습인 것이다.

그러나 혁련보는 그것이 문제라고 생각했다.

눈짓이든 전음이든 사전에 어떤 논의가 있었는지는 모르겠으나, 악초군에게 밀리지 않는 설무백의 신위를 보기 무섭게 다들 일시에 경쟁적으로 나선 것은 작금의 사태가 얼마나 심각한지를 알고 있기에 싸움을 빠르게 끝내려는 생각이었을 터였다.

그에 더해서 십시일반(十匙一飯)이라는 식으로, 한 사람이 끼어든 것이 아니라 저마다 한 수 거들어서 설무백을 처리하면 제아무리 변덕이 죽 끓듯 해서 종잡기 어려운 성격인 악초군도 크게 반감을 가지지 못할 것이라는 계산도 했을 것이다.

제아무리 천방지축인 악초군이라도 그들 전부를 내칠 수는 없기 때문에 가능한 계산이었다.

비록 예상치 못한 변수로 인해 실패로 돌아갔으나, 그들의 동의와 적극적인 지원이 없었다면 악초군은 오늘의 계획을 시작도 하지 못했을 것이었다.

그리고 실제로 그렇게 되었다.

악초군은 자신의 싸움에 개입한 그들, 세 사람에게 시선조차 주지 않고 있었다.

설무백의 신위에 너무 충격을 받아서 잠시 사고가 정지된 것일 수도 있지만, 기본적으로 묵인이고, 인정이었다.

평소의 악초군이었다면 절대 그냥 넘어갈 사람이 아닌 것이다.

그런데 이제는 정작 그들, 세 사람이 누구 하나 선뜻 나서지 않은 채 눈치를 보고 있었다.

이제야말로 설무백을 경계하는 모습이었다.

설무백과 싸워서 다칠 수도 있다는 생각에 선뜻 먼저 나서기를 꺼려하는 것이다.

그것은 그들이 아직 완전한 하나가 아니라는 방증이었다.

다들 서로 손을 잡고 같은 편에 서서 싸우기는 하지만, 그게 다인 것이다.

막상 자신이 다칠 수도 있는 상황과 마주치자 기피하며 몸을 사리고 있었다.

다들 서로가 서로를 완전히 믿지 못하고 있는 것이다.

다들 자신이 다치거나 해서 약세를 보이면 비록 지금 당장은 아닐지라도 나중에 언제고 등에 비수가 꽂힐 수 있다는 생각을 머리에 가지고 있는 것이다.

그리고 또한 그것은 그들 모두가 그만큼이나 설무백의 무위를 높게 평가한다는 방증이기도 했다.

그게 쓸데없는 기우이든 신중한 조심성이든 간에, 그들 모두가 지금 이 순간 설무백을 상대로 다칠 수도 있다는 생각을 가졌다는 뜻이기 때문이다.

'이러서는 죽도 밥도 안 된다!'

혁련보는 오히려 설무백의 무위를 보고 생각이 달라졌다.

무조건 자리를 떠나야 한다는 생각이 무리를 해서라도 이 자리에서 설무백을 제거하는 것도 나쁘지 않다는 생각으로 바뀌었다.

그러나 지금 그가 느끼는 마왕들의 기색은 그마저 쉽지 않다는 결론이었다.

설무백을 제거하지도 못하고 아르게이의 수십 만 몽고군을 맞이할 것 같은 걱정이 들었다.

그 때문이었다.

혁련보는 지금 악초군을 비롯한 적미사왕 등의 기색이 필요 이상으로 심각하다는 사실을 간과했다.

그 상태로, 그는 작심하고 외쳤다.

"이공자 어서 갑시다! 고작 날파리 한 마리 잡자고 대사를 그르칠 수는 없는 일이오!"

혁련보는 제발 악초군이 자신의 의중을 읽어 주길 기대했다.

설무백을 굳이 날파리라는 말로 비하한 이유가 그의 자존심을 살려 주기 위함이라는 사실을 느끼고 자존심이 상해서 분하고 억울하고 낯부끄러워도 애써 마음을 돌리길 바라는 것이다.

일장 격돌의 충격으로 말미암아 적막이 내려앉은 장내에 변화가 생긴 것은 바로 그때였다.

"가기는 어딜 간다는 거냐! 가려거든 쓸데없이 붙어 있는 그 머리를 내려놓고 가라!"

칼칼한 목소리가 장내를 가로지르는 가운데, 붉은 바람이 불어와서 붉은 안개로 바뀌고, 붉은 안개가 다시 하나로 뭉쳐서 사람의 모습으로 변했다.

혈뇌사야였다.

동시에 하늘을 가르며 날아온 일남이녀, 세 사람이 설무백의 곁으로 내려섰다.

두 사람은 깃털처럼 사뿐히, 나머지 하나는 마치 누가 내던진 바위덩이가 떨어지는 것처럼 '쿵' 하고 둔중한 소리를 내며 떨어졌다.

공야무륵과 거구의 여전사 에지고고매, 그리고 철면신이었다.

누구를 상대로 어떤 싸움을 벌였는지는 몰라도, 그들 모두 온전한 상태가 아니었다.

혈뇌사야야 적포를 걸쳐서 제대로 드러나지 않았으나, 공야무륵은 전신이 찢기고 베어진 상처로 핏물이 배서 잿빛 마의가 혈뇌사야와 같은 적포로 변했고, 에지고고매도 짐승 가죽을 꿰서 만든 의복이 여기저기 뜯어져 나간 상태로 핏물이 비쳤으며, 철면신은 늘 깊게 눌러 쓰고 있던 방립이 사라진 채 산발한 머리가 얼굴을 가리고 있었다.

다만 다들 눈빛과 기세는 멀쩡했다. 아니, 오히려 다 나아 보였다. 몸은 어떨지 몰라도 기세는 그랬다.

다들 잘 벼린 칼처럼 전에 없이 예리해진 모습이었다.

대개의 무인은 실전을 통해서 배우고 성장하며, 때로는 한순간의 그것이 오랫동안의 폐관수련보다도 더 뛰어난 성과를 가져다주는 경우가 있는데, 지금의 그들이 그렇게 느껴졌다.

비록 상처는 입었을지언정, 불과 한 시진 전보다 지금이 더 강해 보이는 것이다.

그 순간!

'제발!'

혁련보는 실로 대놓고 갈망하는 눈빛을 드러내며 악초군을 바라보았다.

이제는 시간이 문제가 아니라 이기고 지는 승산을 따져야 할 정도로 사태가 급박해진 까닭이었다.

지금 장내에 있는 대부분의 사람들이 그럴 테지만, 그 역시 지금 나타난 자들이 혈뇌사야 등 눈에 보이는 자들이 전부가 아니라는 사실을 대번에 간파했기 때문이다.

적어도 십여 명의 고수가 함께 나타나서 암중에 웅크리고 있었다.

그들 모두가 경계해야 할 정도로 뛰어난 것은 아니어도, 충분히 경계해야 할 자들이 최소한 서넛은 되었다.

혁련보는 아직 제대로 모르고 있지만, 설무백의 그림자로 스며든 요미와 흑영, 백영, 그리고 귀매 사사무를 비롯한 이매당의 요원들이 바로 그들이었다.

물론 혁련보의 생각이 그렇다고 해서 악초군이나 적미사왕 등의 생각도 그렇다는 보장은 없었다.

하지만 그들도 더 이상 시간을 끌어서 좋을 게 없다는 사실은 익히 인지하고 있을 것이라는 것이 혁련보의 판단이었다.

그런 생각으로 그가 악초군을 바라보는 눈빛에 실로 애절한 감정을 더하는 참인데, 대뜸 악초군이 불끈 쥔 두 주먹을 하늘로 쳐들며 발작적인 괴성을 내질렀다.

　"으아아아아아……!"

　그리고 이내 진정하며 설무백을 노려보는 상태로 헛소리를 냈다.

　"쳇! 그래 나중에 두고 보자!"

　다음 순간, 말보다 빨리 돌아선 그의 신형이 하늘로 솟구쳤다.

　격돌의 순간부터 감히 나서지 못한 채 거리를 벌리고 있던 악인대의 고수들이 분분히 신형을 날려서 그의 뒤에 붙었다.

　혁련보는 반색했다. 그리고 그 역시 기다린 것처럼 곧바로 지상을 박차고 날아올랐다.

　적미사왕과 광척, 음조양도 주저하지 않았다.

　설무백 등을 주시한 채로 조금 물러나더니, 이내 그들의 뒤를 따라서 신형을 뽑아 올리고 있었다.

　"어딜……! 응?"

　혈뇌사야가 코웃음을 치며 기민하게 반응하다가 문득 멈추었다.

　철면신이야 그저 무심하고 무던하게 서 있었지만, 공야무륵을 비롯해서 암중의 요미와 사사무도 반응을 보이려다가 그만두었다.

그 순간에 설무백이 털썩 주저앉았기 때문이다.

"와, 되다. 넷은 무리네."

요미가 귀신처럼 그의 그림자에서 빠져나오며 걱정스러운 눈빛으로 바라보았다.

"괜찮아?"

혈뇌사야와 공야무륵도 서둘러 그의 곁으로 다가섰고, 암중의 사사무도 모습을 드러냈다.

설무백은 손을 내저었다.

"수선 떨 거 없어. 그저 오랜만에 힘을 썼더니, 허기가 져서 그러는 것뿐이니까."

걱정과 수심이 가득한 얼굴로 설무백을 바라보던 혈뇌사야가 크게 웃으며 말을 받았다.

"하하하, 과연 공자님이십니다. 천하의 마왕들을 한꺼번에 넷이나 상대해서 얻은 타격이 고작 허기라니, 걔들이 들으며 정말 이를 바득바득 갈겠습니다그려. 하하하……!"

설무백은 그저 피식 웃고는 고개를 들어서 저편 하늘을 바라보며 말했다.

"그나저나 천방지축, 앞뒤 안 가리고 날뛰는 미치광이라고 하더니만, 의외로 냉정한 놈이네. 저렇게 순순히 물러나기가 쉽지 않은데 말이야."

혈뇌사야가 그의 시선을 따라서 저편 하늘을 바라보며 대답했다.

"쟤들 때문에라도 물러나지 않을 수 없지요. 숫자에는 장사가 없는 법이 아니겠습니까."

철면신을 제외하면 주변의 모두가 그들의 말을 이해하며 고개를 끄덕이고 있었다.

지금 그들이 바라보는 저편 하늘 아래로 마치 노도가 밀려오는 것처럼 자욱한 흙먼지가 일어났고, 이내 대지를 진동시키는 말발굽 소리도 들려왔다.

아르게이가 이끄는 몽고의 수십만 병력이 달려오는 것이다.

혈뇌사야가 시선을 바로하며 물었다.

"몽고의 저 아이는 어쩌실 생각이십니까?"

설무백은 대수롭지 않게 대꾸했다.

"살려 줬으니 대가를 받아 내야지. 주었으면 받고, 받았으면 주는 게 공평하잖아."

혈뇌사야가 의미심장하게 물었다.

"저 아이가 공자님의 뜻을 받아들일까요?"

설무백은 역시나 대수롭지 않게 대꾸했다.

"받아들이지 않으면 죽어야지."

혈뇌사야가 물었다.

"직접 손을 쓰시게요?"

설무백은 고개를 저었다.

"아니."

"그럼 저희들이……."

"그것도 아니야."

"예?"

혈뇌사야가 고개를 갸웃했다.

설무백은 특유의 미온한 미소를 드러내며 말했다.

"나는 경사에 있는 형님을 믿어. 그분은 내가 뭐라고 해도 절대 자신이 옳다고 판단한 주장을 굽히실 분이 아니야."

혈뇌사야가 애매해진 표정으로 미간을 찌푸렸다.

"결국 동창이 공자님의 말을 무시하고 나선다는 건데, 그게 믿는 건가요?"

"믿는 거야."

설무백은 웃는 낯으로 잘라 말했다.

"그분도 내가 그분이 자신의 주장을 굳히지 않는다는 사실을 알고 있다는 것을 알고 있거든."

"……."

혈뇌사야가 잠시 이게 대체 무슨 말인가 생각하는 듯하다가 이내 멋쩍은 기색으로 대답했다.

"그러니까, 그게 서로 무슨 말을 하고 무슨 행동을 해도 그냥 믿는다는 거죠?"

"그런 거지."

설무백은 짧게 대구하고는 자리를 털고 일어났다.

혈뇌사야가 부축하려고 나서다가 요미와 에지고고매가 재빨리 나서는 것을 보고 그만두며 물었다.

"지금 만나시렵니까?"

설무백은 슬쩍 요미와 에지고고매의 손길을 뿌리치고 기지개를 피며 대답했다.

"아니, 지금은 좀 쉬고, 저녁에. 모름지기 생사는 밤에 결정되는 게 좋아. 살면 사는 대로, 죽으면 죽는 대로 편히 쉴 수 있으니까."

밤이 되었다.

몽고의 대칸 아르게이는 일찍이 수하들을 물리고 거처에서 한 잔 술로 마음을 달래고 있었다.

대청의 탁자에 홀로 앉아서 몇몇 호위만을, 정확히는 친위대 겸인 카라친의 요인들과 측근의 장수 하나만을 곁에 세워둔 채 소채와 건포 등 간단한 안주만 놓고 자작을 하는 그는 매우 지친 모습이었다.

오늘 하루는 그에게 실로 험악하면서도 허망한 시간의 연속이라 그럴 수밖에 없었다.

목숨이 경각에 달린 순간과 직면했다가 다른 사람의, 그것도 낯선 사람의 도움으로 간신히 생사의 고비를 넘겼으며, 또한 다급히 본영으로 돌아가서 대군을 이끌고 출동했으나, 전장이던 장원은 어느새 텅 비어져 있어서 그를 맥 빠지게 했다.

지금의 그는 정신적으로나 육체적으로나 그야말로 녹초가 되어 있는 상태인 것이다.

그러나 아무리 지치고 힘들어도 그에게는 아직 해결해야 할, 아니, 짚고 넘어가야 할 문제가 남아 있었다.

만찬이 벌어지기 이전부터 행방불명인 카라친의 수장이자, 그의 장자방인 바얀부이르의 문제가 바로 그것이었다.

사실을 말하자면 그에게 있어 바얀부이르의 행방불명은 다른 어떤 문제보다도 중요했다.

아르게이는 그만큼 바얀부이르를 믿고 의지했던 것이다.

깨작깨작 안주를 고르다가 이내 거푸 석 잔의 술을 들이켠 그는 못내 거칠게 술잔을 내려놓으며 말문을 열었다.

"네 생각은 어떠냐? 배신일까, 아니면 저들의 손에 제거당한 걸까?"

지금 대청에는 여섯 명의 카라친이 각기 문과 벽 쪽의 창문 앞에 서서 경계하는 가운데, 반배그이 중늙은이 하나와 장대한 체구의 중년인 하나가 그의 탁자 옆에 시립해 있었다.

아르게이가 거느린 타타르의 십이용사 중 첫째인 갈르가르와 카라친의 이인자인 바르이인데, 그들이 선뜻 대답하지 못한 채 시선을 교환했다.

못내 눈치를 보는 것이다.

아르게이가 고개를 돌려서 바르이를 바라보았다.

그에게 묻는 말이라는 행동이었다.

바르이가 그의 시선을 받고도 잠시 뜸을 들이다가 깊이 고개를 숙이며 대답했다.

"죄송스럽게도 저는 감히 단정할 수 없습니다. 이번 전쟁에 관한 부분만 제외하고, 그간 자신이 주도하던 모든 사안을 깔끔하게 정리해서 탁자에 올려놓고 나갔습니다. 배신자라 볼 수 없는 행동이고, 배신자라 볼 수도 있는 행동입니다."

"음."

아르게이가 침음을 흘리며 뇌까렸다.

"자신이 적의 제거 대상인 것을 알고 만전을 기한 것으로 볼 수도 있고, 그간의 정을 생각해서 주변을 정리한 것으로 볼 수도 있다는 건가?"

바르이가 바로 대답했다.

"외람된 말씀일지 모르겠으나, 저를 지금의 자리에 앉힌 사람은 대칸이 아니라 바얀부이르입니다. 그때 대칸께서는 탐탁지 않게 여기셨지요. 그런 그를 저는 감히 평가할 수 없습니다. 죄송합니다, 대칸."

'바르'는 그들의 말로 '호랑이'이고, '이'는 '이빨'이라는 뜻이다.

타타르족은 아명과 성년이 되어서 가지는 이름이 다른데, 따라서 바르이는 그만큼 사납고 용맹한 인물이라는 의미가 되는 것이다.

바르이는 지금 그런 자신을 증명하듯 실로 거침없이 말하고 있었다.

아르게이가 싱긋 웃으며 말을 받았다.

"실제로 반대했어. 부이르가 우겨서 포기한 거지. 몸은 날래도 생각이 짧다고 봤거든."

바르이가 새삼 깊이 고개를 숙이며 말했다.

"죄송합니다! 대칸께서 거북하다시면 지금이라도 당장 낙향하도록 하겠습니다!"

아르게이가 끌끌 혀를 차며 눈총을 주었다.

"그런 뜻이 아니야. 부이르가 내 눈에 거슬려 가면서까지 쓸 만한 인재를 내 곁에 두려고 애썼다는 뜻이지."

그는 재우쳐 한숨을 내쉬었다.

"그래서 나도 판단하기가 애매해. 까놓고 말해서 지금의 내 자리도 절반의 몫 정도는 부이르에게 있으니까."

입맛을 다시며 잠시 여유를 가진 그가 고개를 돌려서 갈르가르를 바라보며 물었다.

"가르, 너는 어떻게 생각해?"

갈르가르가 특유의 걸걸한 목소리로 대답했다.

"바얀부이르는 처음부터 이번 전쟁을 반대했지요. 대칸의 강경한 태도에 고개를 숙이고 따르긴 했지만, 내내 거북해했고, 시시때때로 불편함을 드러냈었습니다."

"그랬지."

"그래서 저는 다른 이유로 잠시 판단을 유보하고 있습니다."

"어떤 이유?"

"대칸의 명령대로 그의 고향에 연락을 취했습니다. 평소 가족들을 끔찍이 아끼던 그이니, 조만간 무언가 답이 나오리라고 생각합니다."

아르게이가 미심쩍은 표정을 지으며 물었다.

"단지 그가 고향으로 돌아갔을지도 모른다는 얘기를 하는 것은 아니겠지?"

갈르가르가 대답했다.

"제가 아는 부이르는 의외로 섬세하고 또 의외로 약한 사람입니다. 길을 가다가 다친 짐승만 마주쳐도 직접 나서서 손을 썼지요. 그런 사람이기에 누군가 가족들을 인질로 잡아 둔다면 그자의 뜻을 따르지 않을 수 없을 겁니다."

"설마 중원의 황제가……?"

"그럴 수도 있고, 아닐 수도 있지요. 중원의 황제에게 귀속된 누군가의 음모일 수도 있지 않겠습니까."

"음."

아르게이가 새삼 침음을 흘리며 자책했다.

"나도 그 생각은 하고 있었지. 돌이켜보면 내가 챙겼어야 했는데 그러지 못했어. 사실이 그렇다면 이거 미안해서 어쩌지?"

지금 아르게이가 드러낸 태도는 실로 놀라웠다.

사실이 그렇다면, 즉 바얀부이르가 가족들을 인질로 잡은 누군가의 뜻을 거스르지 못해서 자신을 배신한 것이라면 얼마든지 용서해 줄 용의가 있다는 뜻을 내비치고 있는 것이다.

갈르가르가 사뭇 냉정하게 그의 말을 받았다.

"이유 여하를 막론하고 배신자의 최후는 정해져 있습니다. 죽었다면 재를 올려 주고, 아직 살아 있다면 고통스럽지 않게 죽여 주는 것이 그간 그의 공로를 인정하는 최대한 예우라고 생각합니다."

아르게이가 대답하지 않고 쓰게 입맛을 다셨다.

싫지만 어쩔 수 없이 그도 갈르가르의 생각에 동의하는 것이다.

그때였다.

아무런 기척도 없이 불쑥 대청의 문이 열리며 네 사람이 모습을 드러냈다.

삼남일녀, 설무백을 위시한 공야무륵과 철면신, 에지고고매가 바로 그들이었다.

아르게이를 비롯한 대청의 모두가 일시지간 얼어붙었다.

대청의 문을 지키던 카르친들조차도 그저 흠칫 놀란 표정으로 눈만 멀뚱거리고 있었다.

실로 꿈에조차 상상하지 못한 상황이라 선뜻 어떻게 판단하고 움직여야 할지 모를 정도로 사고가 마비되어 버린 것이다.

설무백인 그에 아랑곳하지 않고 뚜벅뚜벅 걸어서 아르게이의 맞은편에 자리를 잡고 앉았다.

"사전에 쥐도 새도 모르게 들어와서 사람들부터 다 잠재우는 게 나을까, 아니면 그냥 불시에 창문으로 뛰어들어서 다 제압해 버리는 게 좋을까 등등, 고민 좀 했는데, 아무래도 이게 가장 예의 바른 것 같아서 말이오."

그는 말미에 특유의 미온한 미소를 지어 보이며 재우쳐 물었다.

"얘기 좀 하고 싶어서…… 괜찮죠?"

갈르가르와 바르이가 뒤늦게 반응해서 칼자루를 잡아갔다.

아르게이가 재빠르게 손을 들어서 그들의 행동을 제지했다.

그도 명색이 일국의 제왕인 것이다.

놀람과 당황의 기색은 이미 그의 얼굴과 눈빛에서 사라지고 없었다.

그는 애써 미소를 지으며 가감 없이 자신의 입장을 드러냈다.

"하늘이 오늘 정말 나를 여러모로 놀라게 하는군. 그대가 나를 찾아올 줄은 정말 꿈에 상상할 수 없는 일이오."

그리고 재우쳐 말했다.

"일단 통성명은 삼가도록 합시다. 귀하가 나를 모를 리 없고, 나 역시 눈이 있고 귀가 있어서 귀하가 누군지 익히 잘 알고 있으니 말이오. 그래 무슨 볼일이 있어서 나를 찾아온 거요?"

설무백도 짧고 간단하게 자신의 용무를 밝혔다.

"당신에게 한 번 더 기회를 주기 위함이오."

"한 번 더……?"

아르게이가 고개를 갸웃했다.

말 자체가 말도 안 되게 그의 기분을 상하게 만들었지만, 그에 앞서 그 속에 내포된 의미가 더욱 궁금했던 것이다.

설무백은 대수롭지 않게 턱짓을 했다.

그의 턱이 가리킨 방향은 아르게이의 뒤쪽이었다.

아르게이가 흠칫하며 뒤를 돌아보고는 얼굴이 딱딱하게 경직되었다.

거기 그의 뒤쪽인 벽에 낯익은 적포노인이 서서 히죽 웃고 있었기 때문이다.

악초군가 벌인 난장판에서 그의 목숨을 구해 주었던 노인, 혈뇌사야였다.

"음."

아르게이가 침음을 흘리며 시선을 바로하고는 의지와 무관해 보이는 쓴웃음을 지었다.

"내 목숨을 살린 것이 귀하의 뜻이었다니, 더더욱 나를 찾아온 영문을 모르겠구려. 대체 무슨 이유요?"

설무백은 조금은 삐딱하게 아르게이를 바라보았다.

"보통은 이런 경우 구명지은에 감사하다는 인사부터 하지 않소?"

아르게이가 당당하게 대꾸했다.

"요즘 세상이 하도 각박해서 구명지은도 감사를 해야 할 구명지은이 있고, 욕을 해야 하는 구명지은이 있어서 말이오. 나는 자신의 뱃속을 채우려고 다른 사람의 목숨을 구해 준 자를 은인으로 보는 성격이 아니오. 그러니 일단 인사는 유보하고, 이유를 들어 보고 판단하겠소."

설무백은 나름 괜찮은 성격이라는 듯이 고개를 끄덕이는 것으로 그의 말에 수긍을 표하며 본론을 꺼냈다.

"이번 싸움을 포기하고 고향으로 돌아가시오. 이것이 내가 당신에게 주는 두 번째 기회요."

"감히……!"

갈르가르가 분노하며 나서다가 그대로 굳어졌다.

그럴 수밖에 없었다.

목젖에 날카로운 비수가 대진 사람은 움직이기는커녕 말을 할 수도 없는 법이었다.

아무런 기척도 없이 설무백의 그림자를 벗어난 요미가 그의 목젖에 피처럼 붉은 비수, 혈마비를 대고 있는 것이다.

아르게이가 슬쩍 그 모습을 일별하고는 비릿하게 웃는 낯으로 물었다.

"결국 말을 듣지 않으면 나를 죽이겠다는 협박인 건가?"

반감을 가진 모습이었다.

바뀐 말투부터가 그랬다.

설무백은 대수롭지 않게 어깨를 으쓱하며 대꾸했다.

"어차피 결과는 다를 게 없으니 그렇게 생각해도 무방하오만, 당신을 죽이는 것은 내가 아니오."

아르게이가 코웃음을 쳤다.

"내 앞에서 이런 작태를 보이면서 뻔뻔스럽게 그런 말이 나오나?"

설무백은 어디까지나 냉정하게 대꾸했다.

"어른들 말씀하는데 아이가 끼어들면 버릇없다고 꾸짖을 수밖에 없지 않소. 우리는 그런데, 당신네는 그렇지 않소?"

"……."

아르게이가 말문이 막힌 표정이다가 이내 평정을 되찾아가는 모습으로 질문했다.

"귀하가 아니면 대체 누가 내 목숨을 노린다는 거요?"

설무백은 웃는 낯으로 되물었다.

"농담을 즐기는 사람으로 보이지 않는데, 왜 그런 쓸데없는 질문을 하는 거요? 당신을 죽이고 싶어 하는 사람이 대체 누구겠소?"

아르게이가 이제야 깨달은 듯 눈이 커졌다.

"설마 중원의 황제가……?"

설무백은 대답 대신 이맛살을 찌푸렸다.

아르게이의 태도가 거슬리거나 마음에 들지 않아서가 아니었다.

그의 시선이 슬쩍 창밖으로 돌려지고 있었다.

때를 같이해서 창밖이 어수선해지는가 싶더니, 이내 다급한 경호성이 터졌다.

"자객이다! 자객이 침입했다!"

설무백은 쓰게 입맛을 다셨다.

아르게이도 인상을 쓸 뿐, 별다른 반응이나 태도를 취하지 않았다.

설무백과 달리 그는 이제야 수하들이 설무백 등의 침입을 발견했다고 생각하는 것 같았다.

그러나 그게 아니었다.

와장창—!

지금 그들이 마주하고 앉은 대청에는 좌우로 여섯 개의 창문이 달려 있었다.

그 모든 창문이 동시에 박살 나며 일단의 복면인들이 안으로 난입해 들었다.

비록 복면을 썼지만 설무백은 대번에 그들의 정체를 알아볼 수 있었다.

동창이었다.

몽고의 발호 삼십 일째 날 새벽

설무백은 바로 반응했다.

반사적으로 신속의 절정을 보여 주며 움직인 그는 우선 창을 박살 내고 뛰어들어서 창가에 시립해 있던 두 명의 카라친과 검은 칼날로 그들의 목을 베어 가던 두 명의 복면인 사이로 끼어들었다.

동시에 난입한 것처럼 보이지만 그들이 가장 빨랐던 것인데, 그의 손이 칼을 휘두르던 복면인들과 반사적으로 칼을 뽑아가던 카라친들의 가슴을 쳐서 밀어냈다.

타닥-!

간발의 차이로 그 사이 움직인 혈뇌사야와 공야무륵이 문가에 시립하고 있던 카라친들과 그들을 공격해 가던 복면인들 사이로 끼어들어서 서로간의 공방을 무마시켰고, 유일하게 천장을 뚫으며 쇄도해서 아르게이를 노리던 복면인은 앞서 갈르가르를 제압하고 있던 요미가 나서서 튕겨 내 버렸다.

채챙-!

실로 눈 깜짝할 사이에 벌어진 그 공방이었다.

그 뒤로 연이어 부서진 대청의 문을 통해 난입하는 일단의 복면인들을 뒤늦게 움직인 에지고고매가 특유의 거대한 청룡도를 쳐들며 막아서고, 그런 그녀의 좌우에 칼을 뽑아 든 흑영과 백영이 모습을 드러냈다.

설무백은 그 순간에 자세를 바로하며 발을 굴렀다.

쿵-!

웅장하도록 크게 울리는 소음 아래 바닥이 움푹 꺼지며 건물이 크게 흔들렸다.

바닥에서 일어난 먼지와 천장에서 우수수 쏟아지던 흙가루가 거칠게 휘날리는 가운데, 자리에서 일어났던 사람은 그대로 주저앉아 버렸고, 서 있는 사람은 뒤로 밀려 나갔다.

설무백이 일으킨 무지막지한 경기가 장내의 모든 사람을 밀어붙인 것이다.

"……!"

폭풍전야가 아닌 폭풍 다음에 찾아온 고요처럼 장내가 침묵했다.

시간이 정지한 것 같았다.

누구도 움직이지 않았고, 누구도 입을 열지 않았다.

설무백의 가없는 신위와 더 할 수 없는 존재감이 장내의 모두를 강하게 압박하며 손끝 하나, 눈동자 하나 제대로 돌리지 못하게 구속하고 있었다.

설무백은 그 속에서 홀로 뚜벅뚜벅 움직여서 본래의 자리인 대청의 중앙으로 나서며 냉정한 눈초리로 흑의복면인들을 훑어보았다.

"내가 누군지 알겠지?"

대답은 없었다.

다만 대답은 고사하고 다른 반응을 보이지 않고 있다는 것이 그를 알고 있다는 방증이었다.

물론 설무백은 단지 그럴 것이라는 추론만으로 질문한 것이 아니었다.

굳이 밝히지 않아서 그렇지, 지금 대청으로 난입한 흑의복면인들 중에는 낯설지 않은 눈빛도 있었다.

지금 그가 굳이 준엄한 태도로 냉랭하게 하대를 하는 이유가 그 때문이었다.

자신의 뜻을 저버린 분노를 드러내고 있는 것이다.

설무백은 새삼 낯익은 눈빛의 주인들을 냉정한 태도로 훑어보며 다시 말했다.

"다른 말은 하지 않겠다. 물러가라. 이게 누구의 뜻이든 내가 책임진다."

낯익은 눈빛인 자들 중의 하나이자, 앞서 아르게이를 노리다가 요미에게 막혀서 물러났던 복면인이 따지듯이 물었다.

"대체 이 일을 어떻게 책임진다는 말이오?"

설무백은 다른 부연 설명 없이 그냥 강변했다.

"책임진다."

복면인이 곤혹스러운 눈빛을 드러내며 망설였다.

설무백은 앞으로 한 걸음 나서며 단호한 태도로 말을 더했다.

"그냥 물러날 수 없다면 나를 넘어서야 한다. 그럴 자신이 있다면 나서도 좋다."

복면인이 다른 복면인들과 시선을 교환했다. 그리고 이내 물러나며 설무백을 향해 힘주어 말했다.

"책임이 아주 막중할 것이오. 실로 심대한 대가를 치를 수도 있을 거요."

설무백은 그런 일은 절대 없을 것이라고 장담할 수 있었다.

그래서 굳이 말을 길게 하고 싶지 않았으나, 복면인의 의미심장한 대꾸에 심기가 상해서 도저히 그냥 넘어갈 수가 없었다.

지금 복면인은 그만이 아니라 그의 아버지인 설인보까지 에둘러 말하고 있는 것이다.

"내 걱정 말고 네 걱정이나 해라. 이번 작전을 실패한 건 내가 아니라 너니까."

복면인이 움찔했다.

분노한 것처럼, 당황하는 것처럼도 보이는 모습이었다.

설무백은 그런 그를 직시하며 최후통첩을 하듯 준엄하게 다시 한번 말했다.

"물러가라!"

복면인이 새삼 움찔하며 다른 복면인들과 시선을 교환했다. 그제야 복면인들이 물러가기 시작했다.

설무백은 그제야 아르게에게 시선을 주었다.

다름의 의미가 담긴 눈빛이었다.

아르게이가 영민한 사람답게 바로 간파하고는 쓰게 입맛을 다시며 잔뜩 긴장한 모습으로 곁을 지키고 서 있던 갈르가르를 향해 명령했다.

"싸우지 말고, 아니, 막지 말고 보내 줘라."

갈르가르가 선뜻 나서지 않고 머뭇거렸다.

아르게이가 버럭 했다.

"설마 살려 준 놈이 또 죽이겠냐! 걱정 말고 어서 빨리 나가서 애들이나 단속해!"

"옙!"

갈르가르가 찔끔하며 대답하고는 서둘러 밖으로 나갔다.

다만 와중에도 바르이에게 눈짓하는 것을 잊지 않았고, 바르이가 바로 반응해서 아르게이의 옆에 바싹 붙었다.

만약의 사태에 대비하는 것이다.

아르게이는 차마 그것까지는 나무라지 못하고 있었다.

이윽고, 밖으로 나간 갈르가르의 고래고래 악을 쓰는 소리가 들려오며 여기저기서 들려오던 싸우는 소리가 빠르게 잦아들었다.

와중에 몇몇 타타르족의 용사들이 대청으로 뛰어 들어왔다.

갈르가르가 못내 걱정스러워서 보낸 건지 아니면 뒤늦게 아르게이의 안위가 떠오른 건지는 모르겠으나, 다들 다급함과 흉악함이 공존하는 태도요, 눈빛이었다.

"참 일찍도 챙긴다."

아르게이가 눈총을 주며 소리쳤다.

"꼼짝 말고 거기 찌그러져 있어!"

다급하게 대청으로 뛰어 들어온 타타르족의 용사들이 무색해진 표정으로 부서진 문가에 시립했다.

설무백은 그제야 다시 아르게이와 마주앉았다.

아르게이가 먼저 말했다.

"먼저 밝혀 두지만, 귀하가 내 목숨을 구해 줬다고 생각하면 오산이오. 귀하가 나서지 않았어도 나는 별 탈 없이 이 자리를 벗어났을 거요. 나도 내 목숨 하나쯤은 지킬 수 있는 비장의 한 수가 있는 사람이라오."

설무백은 고개를 끄덕이는 것으로 수긍하며 말했다.

"누가 그러더구려. 당신이 혈교의 후예일 수 있다고 말이오. 오늘 보고 알았소. 그게 사실이라는 것을."

아르게이가 놀라는 한편으로 미심쩍을 기운이 담긴 눈초리로 설무백을 바라보았다.

"보고 알았다?"

설무백은 대수롭지 않게 대꾸했다.

"의심하지 마시오. 사실이니까. 내게는 마공을 익힌 사람을 알아보는 눈이 있소. 설령 쥐뿔만큼의 마기를 섭렵했더라도 내 눈을 피할 수는 없소."

"……!"

아르게이가 그래도 못내 미심쩍은 눈빛을 거두지 못했다.

설무백은 그에 아랑곳하지 않고 계속 말했다.

"그리고 당신의 생각은 틀렸소. 내가 나서지 않았다면 당신이 아무리 혈교의 후예로 파릉의 절기를 섭렵했다고 해도 오늘이 자리를 벗어날 수 없었소. 설령 당신이 살아 돌아온 파릉이었다고 해도 결과는 달라지지 않았을 거요. 저들이 당신을 놓치면 어쩔 수 없이 내가 나섰을 테니까 말이오."

아르게이가 실소했다.

"지금 당신이 과거 천미대제와 쌍벽을 이루던 혈교주 파릉보다 강하다는 거요?"

설무백은 태연하게 아르게이를 쳐다보며 어깨를 으쓱했다.

"확인해 봐도 좋소."

아르게이의 눈빛이 살짝 흔들렸다.

정말 시험해 보고 싶은 마음이 드는지, 고민하는 기색이었다.

그 바람에 장내의 분위기가 대번에 싸늘해졌다.

아르게이의 반응에 바르이를 비롯한 카르친들과 늦게나마 장내로 모여든 타타르족의 용사들이 동요하고 있었다.

그럴 수밖에 없는 것이, 한바탕 폭풍이 몰아치고 지나간 뒤였다.

그것도 일방적으로 당한 폭풍이었다.

다들 애써 격정을 누르며 숨을 다독이고 있을 뿐, 여전히 살벌한 분노의 감정은 가슴 속에서 부글거리고 있었다.

언제라도 터져 버릴 수 있는 화약이 가느다란 실 끝에 매달려 있는 형국인 것이다.

그러나 그럼에도 불구하고 설무백은 눈 하나 깜짝하지 않고 있었다. 실로 눈곱만큼도 위축되는 모습이 보이지 않는 것이다.

아르게이는 자신도 모르게 실소했다.

포기와 체념의 실소였다.

눈치가 없는 것으로 보이지 않으니 겁이 없는 것일 테고, 그 이유는 자신감밖에 없었다.

얼마든지 자신의 말을 증명할 수 있다는 자신감이 없다면 지금과 같은 여유는 절대로 가당치 않은 것이다.

그는 웃는 낯으로 인정했다.

"시험해 보기가 겁나는구려. 그러니 그냥 귀하의 말이 사실인 것으로 인정하겠소."

아르게이가 인정했음에도 불구하고 턱밑까지 조여드는 장내의 살벌한 분위기는 여전했다.

일단 치솟은 분노의 감정은 쉽게 가라앉을 수 없는 것이다.

설무백은 그런 분위기의 변화를 예민하게 감지하고 웃으며 아르게이를 향해 말했다.

"그렇다고 그냥 넘어가기에는 너무 아쉬우니, 내가 배려하도록 하겠소."

설무백의 말이 끝나기 무섭게 부서진 대청의 문을 통해서 사람들이 줄줄이 걸어 나왔다.

순간, 아르게이가 두 눈을 찢어질 듯 크게 부릅떠졌다.

바르이를 비롯한 타타르족의 용사들 역시 그처럼 눈을 부릅뜨며 절로 벌어진 다물지 못했다.

그럴 수밖에 없었다.

선두의 사내와 후미를 따르는 사내 하나를 제외하면 중간에 끼어서 어기적어기적 걸어 들어오는 인물들은 바로 아르게이의 수족들로 알려진 십이용사들이었다.

정확히는 십이용사들 중 다섯 명이었는데, 그들은 하나같이 굵은 동아줄로 굴비처럼 엮여 있었던 것이다.

"이, 이게 대체……?"

아르게이가 이내 정신을 차리며 설무백을 노려보았다. 너무 놀라고 당황해서인 듯 제대로 말을 잇지 못하고 있었다.

설무백은 그게 아랑곳하지 않고 선두의 사내에게 시선을 주었다.

선두의 사내, 바로 귀매 사사무가 멋쩍게 표정을 지으며 그의 시선에 대답했다.

"제법 한가락 하는 친구들이더군요. 시간을 맞추려니 전부다 나포하는 것은, 그러니까 온전한 모습으로 생포하는 것은 불가능할 것 같아서 우선 이 친구들만 데려왔습니다. 나머지도 데려올까요?"

설무백은 대답 대신 아르게이에게 시선을 돌렸다.

아르게이의 얼굴은 실로 볼썽사납게 일그러져 있었다.

경악과 불신을 넘어서 수치와 모멸감으로 인해 썩은 돼지의 간처럼 검붉게 변한 얼굴이었다.

평소에는 뭐든지 대충 설렁설렁 해대는 그였지만, 실제는 누구 못지않게 명석한 사람이 또한 그였다.

그래서 그는 작금의 사태를 어렵지 않게 유추할 수 있었다.

설무백은 그를 설득하려고 찾아온 그 짧은 순간 동안에 타타르족 최고의 용사들이라는 십이용사를 소리 없이 제압해서 데려올 생각을 했고, 실제로 데려온 것이다.

모든 것이, 하물며 그 자신조차 설무백의 손바닥에서 놀고 있었다는 결론이었다.

이건 애초에 그가 혹은 그의 수하들이 가질 반감을 예상하고 확실한 힘의 차이를 보여 주려는 의도였을 테니 말이다.

그리고 설무백의 그와 같은 계획은 정확히 들어맞았다.

지금 아르게이는 명확하다 못해 절실하게 힘의 차이를 느끼고 있었다.

그렇기 때문에 아르게이는 설무백에게 묻지 않을 수 없었다.

"하나만 물어봅시다."

그는 실로 참담한 기분 속에서도 고개를 숙이지 않고 설무백을 직시하며 물었다.

"이 정도면 그냥 다 죽여 버리는 것도 가능했을 텐데, 왜 굳이 번거롭게 이런 짓을 벌인 거요?"

설무백은 이런 질문이 나올 수도 있다는 생각을 가지고 있었다. 그래서 망설이지 않고 웃는 낯으로 슬쩍 에지고고매를 일별하며 대답했다.

"누가 그러더군. 당신은 쓸 만한 사람이고, 당신이 없으면 몽고의 대초원이 다시금 혼란의 시기를 맞이할 거라고. 내가 또 나 때문에 사람이 죽는 건 싫어서 말이야."

에지고고매의 오빠이자, 여진족의 칸인 풀르흔도르곤을 두고 하는 말이었다.

아르게이가 어이없다는 표정으로 설무백을 바라보았다.

설무백은 그런 그의 시선이 부담스럽다는 듯 안색을 바꾸며 확인했다.

"그럼 이제 물러나는 거겠지?"

아르게이가 바로 대답했다.

"그렇소. 물러나겠소."

그는 이제야말로 긴장이 풀어진 사람처럼 의자의 등받이에 등을 기대며 부연했다.

"대신 중원의 황제에게 특사를 보낼 거요. 그 특사는 내가 중원의 황제에게 전하는 서신을 들고 갈 건데, 나는 그 서선에 이렇게 적을 거요."

그는 힘주어 말을 끝맺었다.

"설무백이라는 사람이 살아 있는 동안에는 절대 중원을 침범하지 않겠노라고!"

설무백은 본의 아니게 미간을 찌푸렸다.

이걸 어떻게 받아들여야 할지 몰라서 잠시 사고가 느리게 돌아갔다.

애초에 기대한 성과를 얻기는 했지만, 이런 식의 조건이 붙는다면 황상이 어떻게 받아들일지 좀처럼 가늠이 되지 않아서 더욱 그랬다.

그러나 생각할 시간이 많지 않았다.

작금의 천하는 실로 바람 잘 날 없이 긴박하게 돌아가는 중이었고, 그는 그런 천하의 중심에 서 있는 까닭이었다.

잠시 고민에 빠진 그의 귓속으로 그간 내내 중원의 동향을 전해 주던 흑비희의 다급한 전음이 들려왔던 것이다.

-주군, 일만에 달하는 마교의 무리가 하서회랑을 거쳐 난주의 외곽에 도착했다는 연락입니다! 흑정구로 전해진 대지급이긴 하나, 거리를 감안하면 벌써 풍잔과 충돌했을 것으로 보입니다!

흑비희의 보고는 어김없는 사실이었으나, 그녀의 추론은 사실과 조금 달랐다.

일만의 달하는 마교의 대군이 소위 비단길의 시작이자 중추인 하서회랑을 거슬러 작금의 천하에서 중원의 관문격으로 여겨지는 난주의 외곽에 도착하긴 했다.

그러나 그들과 풍잔의 충돌은 벌어지지 않았다.

당장이라도 난주로 입성할 것 같던 마교의 대군이 이유를 모르게 난주의 외각에서 발길을 멈추고 눌러앉았기 때문이다.

그래서였다.

난주의 서북부 외곽에 진을 친 마교의 무리와 그를 저지하기 위해서 나선 풍잔의 고수들은 목하 대치 중이었다.

바로 그 장소, 난주의 서북부 지역에 주둔한 마교의 진영에서 저 멀리 난주의 길목을 막고서 목책이, 정확히는 풍잔의 진영이 한눈에 들어오는 언덕이었다.

통나무를 쪼개고 엮어 설치한 그늘 막 아래서 세 사람이 앉아서 대화를 나누고 있었다.

"중원이 바로 코앞인데 이렇게 죽치고 앉아 있자니 정말이지 좀이 쑤시는구려."

백발을 벽옥(碧玉) 동곳으로 고정해서 올린 눈부신 백발 아래로 길게 늘어진 백미가 비범한 모습을 더해 주는 노인의 말이었다.

백발에 백미임에도 잔주름 하나 없이 팽팽한 얼굴의 피부가 더없이 정심한 내공을 말해 주는 그의 말을 좌우측에 곁에 앉아 있던 두 명의 노인 중 우측의 노인이 받았다.

"그래도 어쩔 수 없지요. 이런저런 말만 무성했지 아직 호화
호특의 상황이 제대로 알려지지 않았지 않소."

말하는 것으로 봐서는 툴툴 댄 백발백미의 노인과 연배로 느
껴지지만, 외모는 전혀 다른 사람이었다.

우선 삼십 대로 보이는 사내였고, 넓은 이마와 검게 선명한
눈썹 아래 자리한 반달 같은 눈에 맑은 눈동자가 있고, 오똑하
면서도 쭉 뻗은 콧날을 따라 아래로 내려가면 여인네의 그것보
다도 더 붉은 입술과 가지런한 곡선을 그리는 턱의 윤곽이 보기
좋은 미남자였다.

다만 대머리였다.

그것도 잡티 하나 없이 뒷덜미까지 둥글게 연결된 대머리라
서 그늘진 차양 아래 앉아 있음에도 불구하고 기름칠을 해 놓은
도자기처럼 반질반질하게 윤이 났다.

그 바람에 처음 보면 젊은 사내로 보이지만 다시 보면 정말
젊은 사내인가 하고 고개를 갸웃하게 만드는 기묘한 느낌을 주
는 사람이었다.

그런 대머리 사내의 말을 백미백염의 노인 좌측에 앉아 있던
노인이 받았다.

"말이 나온 김에 하는 말인데, 그 자리에 천사교주와 혈가주
가 나타났다는 얘기를 들었소."

기묘한 느낌을 주기로는 대머리 사내보다 이 노인이 더 했다.

얼굴이야 그저 홀쭉하다 싶을 정도로 마른 수수한 노인인데,

기괴한 복장과 장식 때문에 그랬다.

용과 노니는 봉황을 멋들어지게 금실로 수놓은 화려한 비단옷을 차려입었는데, 귀걸이와 코걸이가 크기만 작을 뿐이지 진짜 해골이 무색할 정도로 정교한 해골이었고, 목에도 그런 해골이 주렁주렁 엮인 목걸이를 걸고 있었던 것이다.

그래서 얼핏 보면 이상할 것이 없지만, 자세히 눈여겨보면 평범한 외모를 섬뜩한 해골로 장식했다는 지독한 부조화를 연출하고 있는 것이 노인의 모습인 것이다.

그러나 정작 놀라운 것은 그런 그 노인의 외모 따위가 아니었다.

그 노인이 말미에 붙인 호명이 그보다 열 배, 아니, 백 배는 더 놀라운 사실이었기 때문이다.

"두 분 종사(宗師)의 생각은 어떻소? 그게 사실인 것 같소. 일월교도, 생사교도 못내 그쪽에 시선을 두고 있었을 게 아니오?"

그랬다.

앞서 대화를 주고받은 두 사람은 바로 마교를 구성하는 삼전 오문구종 중 천사교 등과 함께 구종에 속하는 일월교의 주인인 구대종(具戴宗)과 생사교의 주인인 아천기(阿天基)인 것이다.

벽옥 동곳의 노인, 일월교주 구대종이 먼저 대답했다.

"사실인 것 같더구려."

대머리사내, 생사교주 아천기가 고개를 끄덕이는 것으로 일월교주의 말에 동의하며 말을 받았다.

"나름 절치부심해서 천사교주까지 품은 이공자의 이번 계략이 실패한 대에는 다른 무엇보다도 그 사람의 몫이 컸을 거요."

구대종이 맞장구를 쳤다.

"본인도 같은 생각이오. 혈가주가 마교총단과 틀어진 것이 어제오늘 일도 아니라 못내 걱정은 했소만, 중원의 졸자를 자처할 줄은 실로 상상도 못한 일이었소."

"본인도 그렇소. 우리에게 올 거라고 생각했었소."

"본인도 같은 생각을 했소. 선택의 여지가 없다고 생각했는데, 중원의 졸자가 되다니, 나 원 참……!"

아천기가 느물거리는 미소를 지으며 그들의 대화에 끼어들었다.

"천사교주의 실수가 컸지요. 우리 사이의 알력은 그저 알력으로 끝내야 하는데 그리 뒤에서 비수를 꽂으니, 누군들 그처럼 뿔이 나지 않겠소."

구대종이 묵묵히 고개를 끄덕이고는 이내 질문을 던진 해골 장식의 노인에게 시선을 주며 물었다.

"본인 역시 천사교주의 지난 과오가 매우 거슬리는데, 부이문(釜異門) 종사는 그 일과 이번 사태를 어떻게 생각하시오?"

마도구종에서 부이문이라는 이름을 가진 인물은 딱 한 사람, 귀선교(鬼仙敎)의 주인이었다.

바로 그 귀선교주 부이문이 희미하게 웃는 낯으로 턱을 주억거리며 대답했다.

"본인은 천사교주의 선택을 이해하오. 아시다시피 천사교의 저력은 그들 특유의 대법을 통한 강시들이 아니겠소. 한데, 혈가는 그들의 강시를 무력화시킬 수 있는 수법을 가지고 있단 말이지요."

아천기가 부연하듯 말을 받았다.

"과거 천마대제의 포석이었지요. 한 종파가 높이 오르면 우리의 동등한 위치가 흔들릴 것으로 보고, 서로가 서로를 무시할 수 없도록 물고 물리는 관계를 만들어 놓은 거 아니겠소."

"그렇긴 한데, 유독 그들의 관계는 다른 종파들의 관계보다 더욱 극명하지 않소. 전력을 무력화시킬 수 있으니 말이오."

"그렇다고 해도……."

아천기가 거듭 반론했다.

"혈가주의 등에 칼을 꽂은 것은 너무 과했소. 쉽진 않겠으나, 얼마든지 다른 방법을 강구할 수 있었는데 말이오."

부이문이 태연하게 대꾸했다.

"편한 길이 있는데 굳이 가시밭길을 갈 이유는 없지요."

아천기가 천사교주를 옹호하는 부이문의 태도가 조금은 거북하고 거슬린다는 눈빛으로 바라보며 말했다.

"그러니까, 부이문 종사는 천사교주의 행위를 정당하다고 보며, 그로 인해 마교를 이탈하고 중원의 주구가 되어 버린 혈가주의 선택이 부당하다고 생각하는 거구려."

부이문이 대수롭지 않게 고개를 저으며 부정했다.

"그건 아니오. 혈가주의 심정도 이해가 가오. 혈가주와 총단의 사이가 매우 서먹서먹했다고는 하나, 그들의 관계는 제법 가깝지 않았소. 믿었던 사람에게 뒤통수를 맞았으니, 그 심정이 오죽하겠소. 그렇다고 중원의 주구가 된 것은 실로 의외이고, 옳지 않다고 판단되나. 그 심정만큼은 충분히 이해가 되는구려."

"……."

아천기가 잠시 두 눈을 멀뚱거리며 부이문을 바라보았다.

'뭐 이런 놈이 다 있지?' 하며 눈으로 욕하는 것 같았다.

부이문이 그것을 아는지 모르는지 천연덕스럽게 웃으며 말을 더했다.

"본인은 그보다 천사교주의 선택이 의외였소. 원체 자존심이 강한 사람이잖소. 그런 사람이 이공자의 제안을 선뜻 받아들였다는 것이 본인은 아직도 못내 찝찝하오. 다른 생각이 있지 않고서야 절대 그럴 수 없다는 생각이 들어서 말이오."

구대종이 동의했다.

"그건 나도 동감이오. 천사교주는 자존심만이 아니라 욕심도 대해 같은 사람이지 않소. 그런 면에서 볼 때, 이번 이공자의 실패는 우리가 그리 나쁘게 볼 것만도 아니라는 생각이 드오."

아천기가 안색을 풀고 고개를 끄덕이며 말을 받았다.

"그 점은 본인의 생각도 같소. 이공자의 갑작스러운 변덕으로 그 사람을 수용하는 바람에 혹시나 강호에서의 패착으로 꺼

져가던 성화(盛火)가 다시 타오르는 건 아닌가 못내 우려했는데, 이번 사태로 조금은 안심이 되는구려."

성화는 천사교를 의미했다.

일월교가 신천일월교(新天日月敎)이고, 생사교가 집마생사교(輯魔生死敎), 귀선교가 미륵귀선교(彌勒鬼仙敎)인 것처럼 천사교의 정식 명칭은 성화천사교(盛火天邪敎)인 것이다.

부이문이 자신도 같은 생각이라는 듯 고개를 끄덕이다가 문득 웃으며 말했다.

"그러고 보면 칠공자의 운수도 그리 나쁘지 않구려. 하필 그 상황에 혈가주가 난입하는 바람에 목숨을 구하지 않았소."

부이문이 말을 받았다.

"본인 역시 다른 무엇보다도 그게 흡족하오. 사실 말이 나왔으니 말인데, 이공자가 우리에게야 거사를 앞둔 주변정리니 뭐니 했지만, 사실은 칠공자에게 관심을 두고 있는 계집 하나 차지하려고 발정난 개처럼 설친 거잖소."

아천기가 자못 음충맞은 기소를 흘리며 대꾸했다.

"부이문 종사의 담대함이 하늘을 찌르는구려. 마도제일미(魔道第一美)이자, 마도제일수(魔道第一手)라는 연자하(燕疵瑕) 종사는 고작 계집이고, 어쨌거나 마도제일인으로 인정받는 이공자는 발정난 개로 보고 있으니 말이오."

천마이공자 악초군이 벌인 이번 사태의 내밀한 부분이 드러나는 순간이었다.

악초군이 마교제일인으로 인정받고 있다는 점은 차치하고, 마도제일미이자, 마도제일수라는 연자하는 바로 마도구종 중 하나인 사화신녀교(四華神女敎), 일명 신녀교의 교주였다.

지금 부이문과 아천기는 이번 사태가 악초군이 신녀교의 연자하를 차지하기 위함이라고 생각하는 것이다.

그리고 구대종의 생각도 그들과 다르지 않았다.

그들의 대화를 듣고 있던 그가 가만히 웃는 낯으로 말은 다르지만 결국은 같은 생각을 내포한 자신의 의견을 피력했다.

"그걸 그리 나쁘게 보고나 우습게 여길 것은 아니오. 신녀교가 비록 소수이기는 하나, 다들 하나같이 마교의 상위 서열을 차지한 애들이지 않소. 연자하 종사만 해도 그렇소. 우리들 중에서 그녀와 마음 놓고 자웅을 결할 수 있는 사람이 있소?"

부이문과 아천기가 서로 시선을 교환할 뿐, 나서지도 대답하지도 않았다.

사실이 그렇기 때문이다.

누가 뭐래도 작금의 마교에서 최고의 고수로 인정받고 있는 사람이 이공자 악초군이라면, 그런 그와 자웅을 결할 수 있다고 인정받는 사람은 천마대제의 후계자 자리를 놓고 악초군과 대립하고 있는 칠공자 야율적봉이 아니라 바로 신녀교주인 그녀, 연자하라는 것이 모두가 인정하는 바였던 것이다.

구대종이 대답을 기다리지 않고 자신의 질문에 스스로 답했다.

"없을 거요. 본인도 자신 없소. 모르긴 해도, 이공자가 그녀를 욕심내는 것은 단지 그녀의 미색을 탐해서만은 아닐 거요. 그런 마음도 없진 않겠으나, 그보다는 지금의 자리를 보다 더 확고히 하기 위해서라고 생각하오. 지금도 거의 무쌍인데, 그녀를 손에 넣은 이공자의 위상에 감히 누가 도전할 수 있겠소."

그는 말미에 확고한 표정으로 단정했다.

"절대 있을 수 없을 거요!"

부이문이 묵묵히 고개를 끄덕이는 것으로 수긍했다.

아천기도 그러다가 문득 실소하며 말했다.

"그리고 보면 칠공자가 바보구려. 그런 보물이 관심을 주는데 왜 그리 무시하고 냉대하는지 모르겠소."

부이문이 바로 대답했다.

"그건 본인이 잘 알고 있소. 아마 창피해서 그럴 거요."

아천기와 구대종이 그게 무슨 소리냐는 듯 어리둥절해하며 부이문을 바라보았다.

부이문이 씩 웃으며 다시 말했다.

"고자라서 말이오."

⚜

마교의 수뇌들이 풍잔의 진영을 바라보며 이런저런 얘기를 나누는 것처럼 풍잔의 수뇌들도 마교의 진영을 바라보며 이런

저런 얘기를 나누고 있었다.

제갈명을 비롯해서 검노와 쌍노, 풍사 등 풍잔의 요인들과 얼마 전에 새로 합류한 검산의 제자들을 대표해서 나선 대산인 혈인마금 담대성과 검치 한상지 등이 그들이었다.

대화를 주도하는 사람은 제갈명이었다.

"사흘이 지났지만 단 한차례의 도발도 없이 저렇게 죽치고 앉아 있습니다. 물론 자객을 보낸다든지 하는 식의 간을 보는 작업도 전혀 없었고요. 어떻게들 생각하세요?"

검노가 손사래를 쳤다.

"머리싸움은 딱 질색이니 나는 빼."

환사가 질세라 따라붙었다.

"나도!"

천월이 그들을 향해 끌끌 혀를 차고는 가벼운 헛기침으로 목청을 가다듬고 말했다.

"아무래도 호화호특에서 벌어진 상황의 영향으로 봐야겠지. 그간 들어온 정보를 추려 보면 악초군이라고 하는 그놈의 계획이 실패한 게 거의 확실하니까."

제갈명이 반론을 폈다.

"그렇다고 완전한 실패로 보기는 어렵습니다. 그자에게 반기를 품고 있던 몇몇 마왕들이 그 자리에서 제거된 것으로 보고되었으니까요."

반천오객의 일견도인이 턱을 주억거리며 말을 받았다.

"그래도 실패 쪽에 가깝지. 누가 뭐래도 몽고의 대칸인 아르게이를 죽이는 데 실패했고, 그로 인해 그 자식 적어도 당분간은 뒤통수가 근질근질할 게야. 그래서야 절대 앞으로 나아갈 수 없지. 여차하면 똥침을 맞을 게 뻔한데, 섣불리 나설 수 없지 않겠어?"

"똥침이라는 말은 좀 듣기 거북하지만……."

검매 사문지현이 은근슬쩍 일견도인에게 눈총을 주고 나서며 말했다.

"그 말이 의미하는 바에는 동의해요. 아르게이를 죽이는 데 실패했으니, 작정하고 그 일과 거의 동시에 추진하던 저들의 발호도 멈추는 게 당연하다고 봐요."

"과연 악초군이 그렇게나 아르게이를 신경 쓸까요?"

제갈명의 반문이었다.

제갈명이 주관하거나 참가한 풍잔의 논의는 그게 어느 장소이든지 간에 거의 대부분 이런 식으로 진행되었다.

제갈명은 풍잔이 진행하는 거의 모든 행사를 주도하지만, 그전에 다른 사람들의 의견을 모으고, 그 과정에서 이런 식으로 꼬투리를 잡아서 그 의견이 가진 허점을 찾아내거나 줄여 나가는 식의 논의를 즐겨하는 것이다.

물론 다른 사람들도 제갈명의 의도에 악의가 없다는 것을 익히 잘 알고 있기에 별다른 거부감 없이 그의 태도를 수용하고 말이다.

사문지현도 그랬다.

그녀는 바로 꼬투리를 잡고 나서는 제갈명의 태도를 보고도 대수롭지 않게 여기는 투로 대답했다.

"악초군이 홍문지연(鴻門之宴)을 벌여서 아르게이를 죽이려한 것은 그만큼 아르게이를 다루기가 어려워서라고 생각해요. 그런데 죽이는 데 실패했죠. 개차반이라고 알려진 악초군의 성격상 그걸 가지고 두렵다거나 하지는 않을 테지만, 골치깨나 아플 거예요. 일국의 수장을 그리 들쑤셔 놨으니, 머리가 있다면 어떤 식으로든 수습이 필요하다고 느낄 테니까요."

제갈명이 거듭 말꼬리를 잡았다.

"그래서 악초군이 저들의 발호를 막았다, 이 말씀이신 것 같은데, 어차피 그쪽과 이쪽은 한편이라도 따로 움직이고 있었습니다. 그쪽의 실패가 이쪽의 걸음을 멈추게 할 이유로는 너무 빈약하지 않을까요? 나라면 오히려 한쪽이 실패했으니, 다른 쪽이라도 성공하게 부추길 것 같은데 말이지요."

사문지현이 대답했다.

"제 말을 제대로 이해하지 못했군요. 제가 그자에게 수습할 시간이 필요할 거라고 하는 것은 단지 등 뒤에 적을 두고 앞으로 나아갈 수는 없다는 얘기만을 하는 게 아니에요."

"그럼 거기에 무슨 다른 의미가……?"

"그쪽은 실패하고 이쪽은 성공하는 것은 악초군 그자가 바라는 것이 아니라는 얘기입니다."

제갈명이 묵묵히 고개를 끄덕였다.

그럴 듯 가설이라는 태도 같기도 했고, 다른 말꼬리를 잡으려고 생각하는 것 같기도 한 모습이었다.

그 틈에 저편 말석에 앉아 있던 무일이 고개를 내밀며 말했다.

"매우 합리적인 추론이네요. 저 역시 제갈 군사님하고 같은 이유로 조금은 사문 소저의 의견이 미흡하다고 생각했는데, 그 말을 듣고 보니 정말 그럴 수 있겠다 싶습니다."

좌중의 시선이 무일에게 쏠렸다.

무일이 특유의 소심한 성격 때문에 본능처럼 움찔하면서도 바로 부연했다.

"그간의 정보를 통해 악초군의 독선이 어떻다는 것쯤은 다들 잘 알고 계실 겁니다. 그야말로 천하에서 둘째가래도 서러워할 정도의 독선가지요. 그런 자이니만큼 자신은 실패한 마당에, 다른 사람은 성공하는 꼴을 절대 그대로 방치하고 싶지는 않으리라고 봅니다. 어떤 이유를 대서라도 막고 싶겠지요."

무일은 비록 나이는 어리지만, 실로 박학다식해서 풍잔의 모두에게 신임을 받고 있었다.

풍잔의 대소사를 주관하고 있는 제갈명을 유일하게 보좌하고 있을 정도이니 그에 대해서는 두말할 나위가 없었다.

그것을 대변하듯 그가 나서자 다들 호의적인 눈빛으로 바라보고 있었고, 이야기를 듣고 나서는 좌중의 모두가 수긍하는 빛으로 고개를 끄덕이고 있었다.

믿을 만한 사람의 입에서 믿을 만한 얘기가 나왔다는 태도들이었다.

그러나 제갈명은 역시나 제갈명이었다.

그는 자신의 소임을 잊지 않고 대번에 무일의 말꼬리를 잡았다.

"그래도 여전히 의문이 남는군요. 악초군이 마교총단의 실세라고는 하나, 마교의 모든 세력을 완벽하게 장악하고 있는 것은 아닙니다. 그건 그간의 사태를 돌아보면 쉽게 알 수 있는 일이지요. 이 자리에 없는 분을 언급해서 죄송스럽긴 합니다만, 다들 아시다시피 혈 노야의 경우만 해도 그렇고요. 막말로 말해서 단순한 내부의 알력이 아니라 필요하다면 언제든지 누구든 다른 누구의 등에도 비수를 꽂을 수 있는 것이 저들의 관계요, 상황이라는 얘깁니다."

제갈명은 저 멀리 펼쳐진 마교의 진영으로 시선을 돌리며 강변을 이어 나갔다.

"그런데 저들 마왕들이 악초군의 한마디에 저렇게 발이 묶여서 꼼짝도 하지 않고 있다는 게 말이 되는 걸까요?"

대답은 없었다.

제갈명도 대답을 기다리지 않고 재차 의문을 드러냈다.

"혹시 저들과 악초군의 결속력만큼은 다른 마왕들과 달라서 저러는 거라고 이해해야 하는 걸까요?"

진짜 질문하는 것이 아니라 그가 보기에는 절대 아닐 것 같다는 강한 부정으로 반박하는 것이다.

모두가 인정하는 표정으로 선뜻 입을 열지 못하고 침묵하는 그때, 무일이 특유의 소심함을 드러내는 나직한 목소리로 반박했다.

"저들 마왕들 중에 악초군이 아니라 다른 사람을 추종하는 자가 섞여 있다면 충분히 그럴 수 있지 않을까요? 이를 테면 칠 공자라는 야율적봉이요."

"……!"

좌중의 모두가 눈을 빛냈다.

다들 한 치 앞도 볼 수 없는 미로에서 빠져나갈 통로를 발견한 사람들처럼 보이는 모습이었다.

그 정도로 무일의 설명이 합당했고, 핵심을 찔렀던 것이다.

짐짓 무게를 잡고 오만상을 쓰던 제갈명도 그랬다.

제갈명도 작금의 상황에 대한 답을 찾지 못하고 있었는데, 무일의 말을 듣자 이거다 싶었던 것이다.

"그거네!"

제갈명은 이마를 탁 치며 무일의 말에 동의했다.

늘 고집스럽게 부정하다가도 스스로 납득하면 바로 수긍하는 것이 바로 그가 가진 장점 중 하나인 것이다.

다만 그다음에 바로 단점을 드러내는 경우가 있는데, 지금도 그랬다.

평소처럼 그는 습관적으로 자신을 내세웠다.

"무일 네가 틈틈이 나를 따라다니며 배우더니 이제야 제대로 밥값을 하는구나. 하하하……!"

좌중의 모두가 으레 겪는 일이라 별로 대수롭지 않다는 듯한 표정과 눈빛으로 제갈명을 바라보았다.

제갈명이 그런 좌중의 눈빛을 의식한 듯 슬며시 웃음을 그치며 헛기침을 했다. 그리고 말했다.

"무일의 말마따나 저들 중 누가 악초군이 아니라 야율적봉을 추종하는 자라고 치면 작금의 상황을 충분히 납득할 수 있습니다. 하지만 그게 아니라면 또 우리 입장이 다시 묘해지니, 어디 한번 확인해 보도록 하지요."

"확인……?"

좌중 모두가 고개를 갸웃하는 가운데, 검노가 대표로 나서는 것처럼 물었다.

"자기들끼리도 모르는 그걸 우리가 직접 물어볼 수도 없고, 대체 어떻게 확인할 수 있다는 거지?"

제갈명이 싱긋 웃으며 대답했다.

"한번 찔러 보면 되지요."

"찔러 봐? 뭐를……?"

"아니, 진짜로 뭐를 찌르는 게 아니라 우리가 먼저 도발해 보자는 겁니다. 저들이 잠잠해서 여태 우리도 나서지 않고 있었잖습니까."

사실이었다.

난주로 진격해 온 마교의 무리가 코앞에서 진을 치고 나서지 않는 바람에 그간 풍잔도 그저 추이를 지켜볼 뿐, 대응에 나서지 않고 있었던 것이다.

"그걸로 그걸 확인할 수 있나?"

"한 번으로는 안 될 겁니다. 하지만 두 번, 세 번, 네 번 자꾸 질러 보면 분명 무언가 변화가 있을 겁니다. 그걸 보면 알 수 있지요."

검노가 이제야 제대로 이해한 듯 빙그레 웃으며 확인했다.

"그러니까, 저놈들 사이에서 말이지?"

제갈명이 의미심장한 미소를 지으며 대답했다.

"예, 그렇지요. 누구는 열불이 나서 그냥 나서자고 하고, 다른 누구는 그걸 극구 말릴 테니 분명 저들 사이에 무언가 변화가 있으리라고 확신합니다."

환사가 불쑥 끼어들며 물었다.

"그러다가 쟤들이 울컥해서 그냥 확 덤비면 어쩌려고?"

제갈명이 대답하기도 전에 천월이 끌끌 혀를 차며 환사에게 면박을 주었다.

"우리 지금 싸우러 나온 거지 놀러 나온 거냐? 그럼 그냥 싸우면 되는 거지 대체 뭐가 걱정이야?"

"아, 그렇지 참!"

환사가 이해는 조금 늦을지 몰라도 억지는 없는 사람답게 바로 수긍하며 물러났다.

　그때를 기다린 것처럼 내내 침묵한 채 그들의 대화를 경청하고 있던 예충이 자리를 털고 일어났다.

　"그런 거라면 쓸데없이 우르르 나서는 것보다는 단기 접전(單騎接戰)이 제격이지."

　자기가 나서겠다는 소리였다.

　천타가 재빨리 따라서 일어나며 예충을 만류했다.

　"참으세요. 제가 하겠습니다. 소 잡는 칼로 닭을 잡으면 남들이 웃습니다."

　예충이 물러나지 않고 말했다.

　"그러다가 닭이 아니라 소가 나오면 어쩌려고?"

　천타가 대수롭지 않게 대꾸했다.

　"닭 잡는 칼도 소를 잡을 수 있다는 것을 보여 주면 되지요. 안 그래도 애들은 다 주군에게 가고 저만 남아서 좀이 쑤시는 판인데, 심심풀이 좀 하게 해 주세요."

　예충이 말문이 막힌 듯 머쓱해했다.

　좌중의 모두가 소리 없이 웃는 가운데, 제갈명이 나서며 말했다.

　"그렇게 하세요. 모름지기 전장에서 벌어지는 단기 접전이라면 멋들어지게 말을 타고 나서야 제격인데, 예 노야께서는 그쪽으로 서툴잖아요."

　예충이 그게 사실이라 항변할 말이 없다는 듯 쩝쩝 입맛을 다시다가 짐짓 천타에게 쏘아붙였다.

"그래, 너 잘났다! 네가 해라!"

천타가 씩, 웃고는 뒤로 빠져서 사라졌다가 자신의 말을 타고 다시 나타났다.

마상에 앉은 그의 손에는 오랜만에 과거 광풍사의 상징인 협인장창이 들려 있었다.

그래서 그런지 의기도 충천이었다.

전에 없이 혁혁한 그의 안광이 보이는 이들로 하여금 절로 고개를 끄덕이게 만들고 있었다.

눈치 빠른 몇몇 수하들이 재빨리 목책의 문을 열었다.

천타가 한손으로 고삐를 짧게 잡고 말 허리를 툭툭 차서 목책의 문을 나서며 말했다.

"그 옛날 누구처럼 멋 좀 내게 싸움이 시작되면 더운 차나 한 잔 따라 두세요. 식기 전에 돌아올 테니까."

몽고의 발호 삼십사 일째 날 오후 (1)

"칠공자가 남색(男色)을 즐긴다고 하는 얘기는 금시초문이오만……?"

"구 종사의 생각은 너무 깊구려. 남색을 즐긴다는 소리가 아니라 말 그대로 고자라는 거요. 그게 없다, 이 말이오. 정확히 말하면 쓸 수 없을 정도로 사라졌다 혹은 작아졌다라고 해야겠지만 말이오."

"평소 칠공자의 주변에는 늘 여자가 끊이지 않고 있지 않소?"

"그게 일종의 보상 심리랄까요? 없으니 더 찾는 그런…… 먹지 못하니까 거두는 거지요."

"정말 확실하오?"

"확실하고말고요. 본디 우리 귀선교와 칠공자의 유명전은,"

즉 유명교는 본존(本尊)만이 다를 뿐, 기본적인 교리나 추구하는 이상까지 유사한 점이 아주 많지요. 같으면서도 다른 명왕(明王)과 미륵(彌勒)의 차이일 뿐이지요. 그래서 잘 알고 있소. 칠공자가 추구하는 명왕유체는 말 그대로 명왕의 강림(降臨)을 뜻하오. 그런데 명왕과 명왕비는 본디 하나의 몸을 가지고 있지요. 막말로 말해서 남자도 여자도 필요 없는 자웅동체(雌雄同體)라 이 말이오."

"그건 역으로 말해서 남자도, 여자도 필요할 수 있다는 얘기도 되는 거 아니오?"

"말로는 그럴 수 있는데, 그 부분에 대해선 본인도 모르오, 본인은 아는 것만 말할 뿐이오. 해서, 명왕유체의 최후단계인 유마지경에 들면 칠공자는 하나가 아니라 둘이 될 거요. 몸이 아니라 정신이 말이오. 명왕과 명왕비가 칠공자의 육체에 공존하게 되는…… 응?"

일월교주 구대종과 생사교주 아천기의 미심쩍은 눈빛 아래서 자신의 생각과 판단을 자랑하듯 주절주절 늘어놓던 귀선교주 부이문이 문득 말꼬리를 늘이며 눈을 크게 떴다.

구대종과 아천기의 시선도 이미 그런 그에게서 떠나 있었다.

저편 풍잔의 진영에서 목책의 문이 열리며 한 기의 기마가 나서더니, 터덜터덜 여유롭게 그들의 진영을 향해 다가오고 있었기 때문이다.

"저놈 저거 뭐지?"

무심결에 내뱉은 것 같은 구대종의 말을 아천기가 받았다.

"단기 접전을 신청하려는 것 같구려."

부이문이 음충맞게 웃었다.

"흐흐, 애들이 겁을 상실한 모양이오. 흐흐흐……!"

구대종이 문득 물었다.

"저놈이 누구지?"

곁에 앉아 있는 아천기와 부이문에게 묻는 말이 아니었다.

그들, 개개인의 뒤에는 저마다 범상치 않은 기도를 뿜내는 사내들이 약간의 거리를 두고 시립해 있었다.

그 사내들 중에서 구대종의 뒤쪽에 시립해 있던 사내 하나가 대답했다.

"천타라는 놈입니다. 과거 대막의 마적단인 광풍사에서 이인자 노릇을 하던 녀석이지요."

구대종이 다시 물었다.

"실력은?"

사내가 바로 다시 대답했다.

"그쪽에서는 이름깨나 날렸다고 들었습니다. 명색이 대막의 공포라고 불리던 광풍사에서 이인자 노릇을 하던 녀석이니까요."

"대막의 공포는 무슨, 마적단이면 그저 마적단이지 볼 게 뭐가 있겠소."

아천기가 대수롭지 않게 구대종의 말을 가로채고는 가소롭다는 듯이 웃는 그때, 그들의 진영으로 가까이 다가선 천타가 소리쳤다.

"어이, 거기 쓸데없이 남의 영역에 와서 똥만 싸지르고 앉아 있는 마졸들아! 겁이 나면 오질 말지 왜 와서는 죽치고 앉아서 구린내만 풍기고 있는 거냐! 그러지 말고 어디 한번 한 놈 나서 봐라! 대체 실력이 어느 정도이기에 그리 바짝 졸아서 웅크리고 있는지 확인 좀 해 보자!"

풍잔의 진영에서 천타의 고함을 들은 사람들 중 예충이 의외라는 표정을 지었다.

그들, 두 진영 사이에는 백여 장이 넘는 공간이 존재하고 있어서 마교의 진영으로 가까이 붙은 천타는 꽤나 멀리 떨어져 있었으나, 그와 같은 고수가 그 거리에서 내지르는 고함을 듣지 못할 리는 만무한 것이다.

"천타, 쟤가 저리도 입심에 셌나? 예전에는 안 그랬잖아?"

환사가 키득키득 웃으며 대꾸했다.

"열 받으니 입이 살아난 모양이오."

"왜 열이 받아?"

"원래는 쟤가 광풍대를 이끌고 주군에게 가는 거였는데, 풍사가 가로챘잖소. 큭큭……!"

"아……!"

예충이 이해한다는 표정으로 가만히 따라 웃었다.

다른 사람들도 그랬다.

뒷전에 앉아서 코를 후비고 있던 잘생긴 청년, 아니, 반노환동으로 청년의 모습인 태양신마 복양홍일도 그렇게 따라 웃으며 한마디 했다.

"종종 화나게 해야겠군. 하도 말수가 적어서 재미없는 녀석이라고 생각했는데, 저러고 보니 재밌네그려."

좌중의 미소가 한결 짙어졌다.

천하의 마교와 대치하고 있으면서도 전혀 긴장한 모습이 아니었다.

누가 보면 놀라 자빠질 일이지만, 그런 사람들이 그들이었다.

지금 대치하고 있는 마교의 마왕들이 손만 뻗으면 무너트릴 수 있는 모래성처럼 그들을 우습게 보고 있다면 그들 역시 아무런 거리낌 없이 마교의 무리를 만만하게 보고 있는 것이다.

그래서였다.

풍잔의 진영처럼 천타의 도발과 마주친 마교의 진영도 여전히 화기애애했다.

"누가 나서 볼 테냐?"

"수하가……!"

아천기의 말을 듣고 선뜻 앞으로 나선 자는 당연하게도 그의 뒤쪽에 시립해 있던 생사교의 무리 중 하나였다.

호리호리한 체구에 길게 늘어뜨린 머리카락이 한쪽 눈을 가린 흑의사내였다.

냉혹한 인상에 싸늘한 기도가 잘 벼린 한 자루 칼을 연상키고 있었다.

아천기는 그런 그를 돌아보며 이맛살을 찌푸렸다.

"비살(飛殺), 너는 빠져라. 모름지기 싸움은 품새의 예술이라 상대와의 합도 중요하다. 근데 봐라. 상대는 말을 타고 나섰는데 너는 기마술이 서툴잖아. 네가 대적하면 멋이 없어서 안 돼."

전장에서 생사결을 막는 이유치고는 참으로 가당치 않게 들렸으나, 흑의사내, 비살은 두말없이 물러났다.

생사교에서 아천기의 명령은 그 무엇보다도 우선하는 것이다.

"제가 나서지요."

비살이 물러나기 무섭게 바로 다른 흑의사내가 나섰다.

풍보라고 할 수는 없지만 자못 비대한 몸집을 가진 거한이 자신의 몸집과 어울리는 거대한 대검을 뽑아 들고 나선 것이었다.

아천기가 만족한 미소를 흘렸다.

"그래, 부살(富殺) 너라면 어울리겠다. 상대도 장신이고 너도 크고, 뱃살이 조금 거슬리긴 한다만, 세상에 입에 딱 맞는 떡은 없는 법이니 어쩔 수 없지. 네가 나가서 저놈의 머리를 가져와라."

"옙!"

고개를 숙이며 바로 대답하고 돌아서는 거한, 부살을 향해 아천기가 깜빡했다는 듯 급히 말을 덧붙였다.

"피는 털어서 가져와!"

"옙!"

부살이 다시 돌아서서 깊이 고개를 숙이며 대답하고는 서둘러 뒤쪽으로 사라졌다.

그리고 이내 아천기 등이 앉아 있는 언덕 아래, 마교의 진영을 구획하는 목책의 문 앞에서 나타났다.

거대한 장검을 든 우람한 장한이 작고 통통한 몽고마를 타고 있어서 어딘지 모르게 어색해 보이고, 다른 한편으로는 우스꽝스럽게도 느껴지는 모습이었으나, 아천기는 매우 흡족해했다.

"볼만한 싸움이 되겠군."

그러나 아천기의 얼굴에 떠오른 흡족함이 사라지는 데 걸린 시간은 그리 길지 않았다.

목책의 문이 열리자마자 기다렸다는 듯 박차를 가해서 기세등등하게 달려 나간 부살이 고작 일합의 격돌로 머리가 떨어지며 죽어 버렸기 때문이다.

"……!"

아천기는 말할 것도 없고, 구대종과 부이문도 덩달아 무색해진 표정으로 침묵했다.

그야말로 속전속결로 끝난 격돌이라 양측 공히 지켜보던 사람들 중 백의 하나도 제대로 볼 수 없었지만, 그들은 실로 정확히 볼 수 있었기 때문에 더욱 그랬다.

찰나의 순간에 스쳐 지나간 싸움의 내용을 살펴보면 이랬다.

부살이 말을 몰고 달려 나가자, 저편에게 기다리고 있던 천타도 박차를 가해서 쇄도했다.

부살이 수중의 장도를 높이 쳐들어서 흔들었다.

어서 오라는 환영 혹은 비웃음으로 보였다.

천타가 쇄도하는 속도 그대로 수중에 들고 있던 협인장창을 거세게 내던졌다.

부살이 장도를 휘둘러서 어렵지 않게 그것을 막아 내며 포효했다.

승리를 장담하는 포효로 느껴졌다.

천타는 그 순간에 이미 질주하는 말의 속도가 성에 차지 않는 것처럼 안장에서 뛰어올라 허공을 가로지르고 있었다.

부살이 뒤늦게 허공을 가로지르는 천타의 쇄도를 간파하고는 수중의 장검을 높이 쳐들었다.

그러나 이미 늦었다. 아니, 늦었다기보다는 천타의 손에 들린 검의 변화를 따라가지 못했다.

허공에서 떨어져 내리며 태산압정, 일도양단의 기세로 내려쳐지던 천타의 검이 한순간 부드럽게 측면으로 휘어졌다가 수평의 선을 그려 냈다.

바로 장검을 높이 쳐든 부살의 목을 지나가는 선이었고, 그것으로 싸움이 끝났다.

부살의 머리가 허공으로 떠올랐고, 그것을 인지하지 못한 말은 머리를 잃은 주인의 몸을 싣고 무작정 앞으로 달려 나가다가 그 몸마저 바닥으로 떨어뜨리고 나서야 겨우 멈추었다.

천타가 그게 아랑곳하지 않고 앞서 던진 장창을, 바로 마교의 진영 코앞까지 날아와서 꽂힌 그 협인장창을 회수하고 돌아서서 바닥에 떨어진 부살의 머리를 찔러 허공으로 쳐들고 유유히 풍잔의 진영으로 돌아갔다.

"예술을 망쳤구려."

무색한 침묵을 깨는 부이문의 말이었다.

아천기가 절로 눈가를 씰룩이다가 불 같이 한 사람을 호명했다.

"예살(藝殺)! 나가서 단기 접전을 신청해라!"

"옙!"

체구도 작고 서글서글한 눈매를 가진 흑의사내가 즉시 대답하며 돌아섰다.

부이문이 한마디로 그런 그의 발길을 막았다.

"그건 안 될 말이지요."

아천기의 성난 눈동자와 어리둥절한 구대종의 시선이 부이문에게 돌려졌다.

부이문이 부드럽게 웃는 낯으로 다시 말했다.

"순서를 지켜야지요. 우리 서로 공평하게 그쪽 다음에는 이쪽이지요. 안 그렇습니까?"

구대종이 그제야 이해한 표정으로 고개를 끄덕이며 동의했다.

"옳은 말씀이오. 모름지기 우리 사이는 공평해야지요."

아천기의 안색이 굳어졌으나, 부이문은 전혀 신경 쓰지 않고 수하를 호명했다.

"귀면불(鬼面佛), 네가 나가 봐라."

부이문의 뒤쪽에 시립해 있던 귀선문의 제자들 중 사십대로 보이는 중년인 하나가 말도 없이 고개를 숙이는 것으로 명령을 받고는 그대로 신형을 날렸다.

대단한 신법의 소유자였다.

단숨에 언덕 아래로 내려선 그는 이내 마교 진영을 벗어나서 풍잔의 진영을 가로막고 있는 목책 앞으로 내려서고 있었다.

구대종이 그 모습을 바라보며 아천기의 체면을 살려 주고 싶은 듯 한마디 했다.

"어려운 승리를 쟁취했는데, 또 나설까 싶구려."

부이문이 바로 말을 받았다.

"나서는구려."

구대종의 안색이 무색해졌다.

귀면불이 무언가 도발의 말을 뱉어 내기도 전에 풍잔의 진영을 가로막은 목책의 문이 열리며 한 사람이 밖으로 나서고 있었던 것이다.

애써 불편한 심기를 누르는 모습인 아천기가 문득 관심을 보이며 말했다.

"다른 놈이 나서는군."

부이문이 대수롭지 않게 대꾸했다.

"누가 나서도 결과는 달라지지 않을 거요. 귀면불의 실력은……!"

자신만만하게 말하던 부이문의 안색이 절로 볼썽사납게 일그러졌다.

풍잔의 진영을 나선 사내가 한순간에 다가서며 단칼에 귀면불의 목을 베어 버렸기 때문이다.

아천기가 기다렸다는 듯이 말했다.

"별로 볼 게 없구려."

부이문이 어색한 미소를 흘렸다.

여기서 화를 내면 자신만 바보가 된다는 것을 익히 잘 알고 있는 것이다.

그 정도로 그들에게는 아직 여유가 있었다.

고작 한두 번의 단기 접전에서 패한 것으로 풍잔의 힘을 인정하기에는 그들이 가진 저력이 너무나도 막대하기 때문이다.

"그럼 이제 본인 차례인가요?"

구대종이 자신만만하게 나서고 있었다.

귀면불은 그저 조금 방심했을 뿐이었다.

미륵귀선교에서는 백팔불(百八佛)의 말석에 해당하는 존재에 불과하나, 어차피 그들, 백팔불은 종사를 지키는 특별한 신분

이기에 강호무림에서 그 자신을 상대할 자가 과연 몇이 있을지 궁금하다는 것이 그의 솔직한 속내였고, 자신감이었다.

하물며 풍잔의 목책이 열리며 밖으로 나선 상대가 참으로 한심했다.

이십대 후반이나 되었을까?

작은 체구에 구부정한 허리와 피죽 한 그릇도 못 얻어먹은 비렁뱅이처럼 파리한 낯짝이 실로 낙방해서 고향으로 돌아가는 백면서생처럼 맥없이 비리비리했다.

그 때문이었다.

그는 칼을 쳐들며 달려드는 상대 사내의 공격을 보면서도 어떻게 대응할까보다는 어떻게 반격을 가해야 지켜보고 있을 종사의 마음에 들까부터 고민했다.

그런데 분명 전혀 빠르지 않게 보이는 상대 사내의 공격이 의외로 예리하고 또 그만큼 날카롭다는 느낌이 들었다.

그저 칼을 사선으로 높이 쳐들었다가 그의 목을 향해 내리치는 단순한 공격이었다.

공격 방향과 변화가, 아니, 그렇게 말할 필요도 없는 칼의 움직임이 하나도 빠짐없이 그의 눈에 훤히 보여서 차라리 어떻게 막거나 반격해야 할지가 고민스러울 정도였다.

너무나 단순한 공격이라 효과적으로 방어와 공격을 동시에 할 수 있는 수십 가지의 수법이 동시에 머릿속에 떠올랐던 것이다.

귀면불은 이내 그중 하나를 선택해서 손을 썼다.

수중의 칼을 휘둘러서 상대가 휘두르는 칼을 막고, 다시 한 번 더 칼을 휘둘러서 상대의 목을 베어 버리는 수법이었다.

단순한 공격을 복잡한 반격으로 대응하는 것은 미련한 짓이었다.

또한 그것이 단순하지만 가장 효과적이고, 더 없이 확실한 방법이기도 했다.

그러나 그게 실수, 그의 오판이었다.

그가 휘두른 칼날에 부딪치는 것이 아무것도 없었다.

마땅히 거기 있어야 할 상대의 칼날이 사라지고 없었던 것이다.

어쩔 수 없이 흠칫 놀란 그는 반사적으로 다시 상대의 칼이 움직일 수 있는 모든 경로를 추론해서 칼을 휘둘렀으나, 소용없었다.

그의 칼이 휘둘러지는 모든 방향이 텅 비워져 있어서 그저 공허한 느낌만이 되돌아왔다.

그리고 그 순간에 그의 목이 선뜻했다.

상대의 칼이 그의 목을 스치고 지나간 결과였다.

상대의 칼은 그 어느 방향에도 없었던 것이 아니라 그저 그가 찾지 못했을 뿐이었다.

단순하게 보이던 상대의 공격은 단순한 것이 아니었다.

그의 눈에는 그렇게 보였으나, 실제는 더 없이 정교하게 그가 감지할 수 없는 사각을 파고들어서 정확히 그의 목을 베었던 것이다.

'검귀!'

귀면불은 뒤늦게 상대의 실체를 알아보며 후회했다.

하지만 후회는 아무리 빨라도 늦는 것이다.

후회와 동시에 그의 자아는 완전하게 소멸되어 버렸다.

데구르르—!

바닥에 떨어져서 구르는 귀면불의 머리를 물끄러미 바라보던 상대, 귀면불이 백면서생으로 알았다가 검귀로 인정한 사내, 잔월은 머쓱해진 모습으로 습관처럼 뒷머리를 긁적였다.

못내 약간의 아쉬움이 응어리처럼 가슴에 남아서였다.

귀면불은 상당한 검도고수였다.

마교의 수법이라고는 하나, 검극에 실린 절제된 마기가 그것을 대변했다.

그래서 처음부터 전력을 다했다면, 적어도 신중하게 나섰다면 제법 재미있는 대결이 되었을 텐데, 아쉽게도 실력만큼의 눈은 가지지 못한 것 같았다.

방심이 혹은 자만이 부른 허무한 죽음인 것이다.

"그게 너의 복이고 운명인 게지."

잔월은 죽음의 순간에서야 자신의 방심과 자만을 깨달은 듯 부릅뜬 두 눈을 감지 못한 귀면불의 머리를 주워 들고 천천히 풍잔의 진영으로 돌아갔다.

분명 마교의 진영에서 곧바로 다른 자가 튀어나올 것이 뻔했지만, 누구든 그자는 그의 상대가 아니었다.

　하도 경쟁이 치열해서 그에게 주어진 상대는 하나뿐이었다.

　마교의 진영에서 알면 어떻게 받아들일지 모르겠으나, 풍잔의 진영에서는 너도나도 마교의 마공을, 그것도 정예로 분류되는 자들의 마공을 체험해 보고 싶어서 혈안이 되어 있는 것이다.

　마교의 진영에서 그 모습을 지켜보던 구대종이 분을 삼키는지 지그시 어금니를 악물며 뇌까렸다.

　"풍잔에 저런 자가 있었나?"

　혼잣말처럼 중얼거렸지만, 엄연히 질문이었다.

　그런데 선뜻 나서서 대답하는 사람이 없었다.

　구대종은 혹시나 자신의 의도를 읽지 못한 건가 싶어서 대놓고 다시 물었다.

　"저놈이 누구지?"

　역시나 조용했다.

　그의 수하들은 말할 것도 없고, 생사교와 귀선교의 제자들도 여느 때처럼 알은척을 하며 나서기는커녕 그저 굳게 입을 다물고 있었다.

다들 정말 모르는 것이다.

그러고 보니 이제 분위기가 사뭇 달라졌다.

안색이 굳어진 것은 그만이 아니었다.

놀이를 하듯 승패와 무관하게 애써 미소를 읽지 않고 있던 아천기와 부이문의 얼굴도 딱딱하게 굳어져 있었다.

미소 대신 불신과 의혹의 그림자가 짙게 드리워진 모습이었다.

그 바람에 주변의 수하들도 저마다 심각한 표정으로 숨소리조차 제대로 쉬지 못하고 있었다.

그때 부이문이 침묵을 깨며 한마디 했다.

"아무래도 우리가 당한 것 같소."

아천기가 고개를 갸웃했다.

"당하다니요?"

부이문이 대답했다.

"저들에 대해서 우리가 아는 정보는 거의 다 천사교를 통해서 마교총단으로 들어온 것이오. 물론 종사들도 저마다 별도의 정보를 수집했을 테지만, 거의 대부분이 구대문파를 축으로 하는 무림맹 쪽에 시선을 두고 있었을 테니, 아무래도 다른 쪽으로는 미흡할 수밖에 없지요."

애써 분을 누른 구대종이 물었다.

"천사교주가 일부러 저들에 대한 정보를 누락했다 이거요?"

부이문이 그렇다고 대답했다.

"완전히 누락할 수는 없었을 거요. 실제로 저들의 우두머리인 사신 설무백과 그 주변 있는 생사집혼이나 귀수옥녀, 요안마녀 등에 대한 정보는 다들 총단에서 받았을 게 아니오. 물론 지금으로서는 그마저 정확할지 어떨지 모르겠지만 말이오."

아천기가 부이문의 말에 완전히 동화된 듯 불끈 주먹을 쥐며 울분을 토했다.

"천사교주 그 요망한 작자가⋯⋯!"

구대종이 문득 부이문의 말에 반론을 폈다.

"천사교주가 아닐 수도 있지요."

그에 대한 얘기를 더하려던 부이문과 분노하던 아천기의 시선이 구대종에게 쏠렸다.

구대종이 바로 말을 더했다.

"총단의 소행일 수도 있지 않겠소. 앞서 부 종사가 말한 것처럼 우리는 저들에 대한 모든 정보를 마교총단에서 입수했으니 말이오. 천사교주가 제대로 보고했어도 총단에서 우리에게 제대로 알리지 않았다면, 알리긴 해도 누락하거나 축소한 부분이 있다면 어차피 상황은 같지 않소."

부이문과 아천기가 예리하게 변한 눈빛을 교환했다.

두 사람 다 누가 먼저랄 것도 없이 동시에 머릿속을 스치는 생각이 있었던 것이다.

부이문이 먼저 그걸 입 밖으로 냈다.

"그러니까, 이공자의 소행이다? 아니, 이공자의 소행일 수도 있다 이 말이오?"

구대종이 어깨를 으쓱하며 조금 발을 빼는 언사를 흘렸다.

"본인은 가능성을 얘기하는 것뿐이오. 의심을 한다면 두 사람 다 의심을 해야 한다는 거요. 하물며 이공자는 우리들의 의견을 무시하고 천사교주를 받아들였소. 의심하지 않을 이유가 없지 않지요."

"음."

부이문과 아천기가 심각해진 표정으로 침음을 흘렸다.

구대종이 그런 그들의 반응을 외면하며 현실을 직시했다.

"어쨌거나, 지금 우리가 당면한 문제는 그게 아니오. 우리가 아는 것과 저들의 능력이 판이하게 다르다는 거요."

아천기가 싸늘해져서 대꾸했다.

"그래 봤자 애송이들이오! 몰랐으니 그랬지 안 이상 절대 당할 이유가 없소!"

말과 달리 그도 이제 많이 달라진 태도였다.

놀이를 하는 것 같던 처음의 모습은 더 이상 없었다.

곧바로 그가 호명한 수하의 정체가 그것을 대변했다.

"천패양(闡覇陽), 네가 나가 봐라!"

부이문과 구대종의 표정이 이채롭게 변했다.

아무리 그래도 아천기가 귀안마수(鬼眼魔手) 천패양을 내보낼 줄은 미처 예상하지 못한 까닭이었다.

귀안마수 천패양은 아천기의 친위대격인 칠십이살(七十二殺)

의 수뇌이기 이전에 생사교의 서열 십위 권에 드는 인물이며, 조만간 마교혈맹록이 부활한다면 능히 일천마군에 등재될 수 있는 고수였다.

"다녀오겠습니다."

천패양이 귀안마수라는 명호 그대로 그늘진 늪처럼 음산한 귀기가 서린 눈빛으로 공수하고 돌아서서 언덕을 내려갔다.

아천기가 흐뭇하게 웃는 가운데, 부이문과 구대종이 고개를 가만히 끄덕였다.

결코 서두르지 않는 천패양의 태도가 그들에게 더욱 강한 믿음을 주고 있었다.

"이번에는 제가……!"

사도가 나섰다.

좌중의 모두가 고개를 끄덕이는 것으로 수긍했다.

비록 잔월의 그것에는 미치지 못하나, 최근 비약한 사도의 실력은 풍잔의 모두가 인정하는 바였다.

누가 나오든 질 이유가 없다는 것이 좌중 모두의 생각이었다.

그런데 제갈명이 고개를 저으며 반대했다.

"미안하지만 안 돼요. 참아요."

사도가 인상을 찌푸렸다.

"내가 왜 안 된다는 거지?"

제갈명은 예전부터 한결같이 자신의 처지나 입장과 무관하게 할 말은 대놓고 하는 사람이었다.

"몰라서 물어? 아, 실수! 모두에게 존칭을 쓰기로 한 것을 깜빡했네요. 미안합니다."

사과를 끝낸 제갈명이 정색하며 다시 말했다.

"아무튼, 몰라서 묻습니까? 안 되는 이유야 뻔하잖아요. 실력이 안 되니까요."

사도가 수치심으로 얼굴을 붉히며 따졌다.

"저쪽에서 누가 나올 줄 알고 내 실력으로 안 된다는 거지?"

제갈명이 태연하게 대답했다.

"지금 이 싸움은 개인과 개인의 싸움이 아닙니다. 저쪽과 우리, 단체와 단체의 싸움입니다. 그래서 기본적으로 수 싸움이 들어가고, 그래서 또한 내가 사도 당신으로는 안 된다는 것을 아는 겁니다. 이제 저쪽에서 누가 나서든 사도 당신으로는 안 됩니다. 저쪽은 거푸 세 번이나 져서 뿔이 날대로 난 상태라 어떻게든 이번 싸움은 이기려 들 테니까요. 왜냐고요?"

그는 대답을 기다리지 않고 곧바로 자신이 던진 질문에 스스로 답했다.

"한 바퀴 돌아서 이제부터는 이미 한 번 패배를 당한 입장에서 싸움에 나서는 상황이거든요."

그는 붉게 변한 사도의 얼굴을 싱긋 웃는 낯으로 쳐다보며 말을 끝맺었다.

"즉, 그만큼 고수가 나설 거라는 뜻입니다."

"저쪽에서 누가 나와도……!"

울분을 토하는 것 같은 사도의 말을 제갈명이 아무렇지도 않게 외면했다.

"나왔네요."

좌중의 시선이 제갈명의 시선을 따라갔다.

사도도 어쩔 수 없이 그렇게 되었다.

마교의 진영에서 한 사람이 나서고 있었다.

사도는 지그시 어금니를 악물었다.

제갈명의 예상이 옳았다.

상대는 그가 보기에도 실로 예사롭지 않은 기도의 소유자였다.

"쳇!"

사도는 두말없이 물러나서 자리에 앉았다.

그 순간에 검노가 자리를 털고 일어났다.

그러나 그보다 먼저 말하는 사람이 있었다.

"나는 괜찮을까?"

뒤쪽에 앉아 있던 태양신마였다.

제갈명이 기다렸다는 자리에서 일어나서 더 없이 정중하게 그를 향해 공수했다.

"안 그래도 부탁하려던 참이었습니다. 잘 부탁드립니다."

"이제야 좀 볼 만한 싸움이겠군."

검노가 머쓱하게 다시 자리에 앉으며 흘린 말이었다.

그 뒤에 앉아 있던 사도가 툴툴거렸다.

"확인 사살을 하시네요. 꼭 그렇게 제자의 가슴에 대못을 박아야 쓰겠습니까?"

검노는 일찍이 풍잔의 식구들 중에서 몇몇 눈에 차는 신진들을 가르치고 있었다.

무당파의 비전을 전수하는 것이 아니라 그가 가진 다른 무공들을 추려서 전수하며 기존의 무공이 가진 허점을 보완해 주는 것인데, 사도도 그중의 하나였던 것이다.

검노가 쳐다보지도 않고 슬쩍 손을 뻗어서 사도의 머리를 한 대 쥐어박았다.

"너 때문에 분위기에 휩쓸려서 나까지 나서지 못했다. 국으로 입 닥치고 앉아 있어라."

소리는 나지 않았으나, 제법 세게 때린 모양이었다.

"에구구……!"

절로 신음하며 두 손으로 머리를 마구 비비는 사도의 두 눈에 찔끔 눈물까지 비치고 있었다.

검노가 역시나 시선도 주지 않고 엄포를 놓았다.

"엄살 피울래?"

사도가 찔끔해서 함구하며 자리목이 되었다.

검노의 장난은 정말 장난이 아니라는 사실을 그는 그간의 경험을 통해서 익히 잘 알고 있기 때문이다.

게다가 그게 아니더라도 더는 딴청을 피울 때가 아니었다.

풍잔의 진영을 나선 태양신마가 마교의 진영에서 나온 자와 마주하고 있었다.

⚜

"마교 산하 집마생사교의 귀안마수 천패양이다."

어둡게 그늘진 눈가를 타고 음습한 귀기가 흐르는 귀안마수 천패양이 서너 장의 거리를 격하고 마주선 태양신마를 향해 슬쩍 두 손을 펼쳐 보이며 건넨 말이었다.

좌우로 펼쳐진 그의 두 손이 검은 불꽃처럼 이글거리는 마기에 휩싸이고 있었다.

태양신마는 피식 웃었다.

"통성명은 무슨…… 우리가 지금 통성명이나 하자고 마주선 게 아니잖아."

말을 끝내기 무섭게 그도 보란 듯이 두 손을 좌우로 펼쳤다.

화륵—!

좌우로 펼쳐진 그의 손에서, 정확히는 하늘을 바라보는 그의 손바닥에서 불이 일어났다. 그리고 대번에 그 불길이 하나로 뭉쳐서 화염구가 되었다.

한손에 하나, 두 개의 화염구가 그의 손바닥 위에 둥둥 떠 있었다.

"……!"

음습하게 그늘진 천패양의 두 눈이 커졌다.

첫눈에 태양신마의 열양신공이 어느 정도의 화후인지 알아본 것이다.

"너는……?"

"싸움을 말로 하냐?"

태양신마가 천패양의 말이 끝나기도 전에 반문하며 두 손을 직선으로 뻗어 냈다.

두 개의 화염구가 거친 파공음을 내며 날아갔다.

천패양이 감히 맞받아칠 엄두를 내지 못하고 다급히 공중으로 날아올라서 피했다.

쾅―!

폭음이 터지며 천패양의 발아래가 불바다로 변했다.

뜨거운 열기가 사방으로 폭사했다.

천패양도 그대로 피하기만 하지 않았다.

공중으로 떠오른 순간과 동시에 태양신마를 향해 쌍수를 내밀었다.

그의 장기도 내공을 기반으로 하는 기공술, 이른바 장력이었던 것인데, 그의 손을 떠난 검은 기류가 빨랫줄처럼 직선으로 태양신마를 향해 뻗어 나갔다.

"어쭈?"

태양신마가 냉소하며 날파리를 쫓는 것처럼 가볍게 한손을 휘둘렀다.

하지만 그 순간에 일어나서 그의 손을 휘감은 불길은 무시무시할 정도로 파괴적인 파공음을 일으켰다.

그 불길이 천패양의 장력과 거칠게 마주쳤다.

꽝—!

거대한 폭죽이 터지는 것처럼 요란한 폭음이 터지고, 산산조각으로 흩어진 불길이 사방으로 비산했다.

그 와중에 장력을 날린 천패양의 신형이 흡사 누가 줄을 매달아서 당기는 것처럼 주룩 뒤로 밀려 나갔다.

강력한 여파에 밀려서 튕겨 나가는 것이다.

반면에 태양신마는 멀쩡했다.

상당한 반탄력을 받은 듯 그의 두 발이 땅속으로 발목까지 파고들었고, 그런 그의 면전에 격돌의 여파가 만든 웅덩이가 생겨났을 뿐이었다.

그러나 태양신마는 그조차, 바로 반탄력에 상체를 휘청이며 두 발목이 땅속에 박힌 상황이 마뜩찮은 기색이었다.

대번에 분노의 장소성을 발하며 날아올랐다.

"우우우우우······!"

지상에서 수직으로 솟구치는 태양신마의 전신이 새파란 불꽃으로 발광했다.

그 상태 그대로 그의 쌍수가 저만치 밀려나고 있는 천패양을 향해 뻗어졌다.

두 개의 화염구가 폭사되었다.

불붙은 아름드리나무가 통째로 휘둘러지는 듯한 파공음이 장내를 압도했다.

간신히 신형을 바로잡은 천패양이 다급히 지상으로 하강했다.

감히 마주칠 엄두가 나지 않는 것이다.

간발의 차이로 천패양의 머리 위를 스치고 지나간 화염구가 저 멀리 뒤편에 있는 산중턱을 때렸다.

꽈광—!

거대한 폭음이 터지며 산중턱이 불바다로 변했다.

그들의 격돌을 지켜보던 양측의 시선이 한순간 그쪽으로 돌려진 사이, 허공으로 떠올랐던 태양신마의 신형이 거의 수직에 가까운 사선을 그리며 지상으로 도피한 천패양을 따라붙었다.

"……!"

천패양이 다급하게 질주해서 자리를 옮기는 것으로 폭풍 같고 번갯불 같은 태양신마의 쇄도를 피했다.

그러나 완벽하게 피할 수는 없었다.

태양신마의 쇄도가 그만큼 빨랐던 것이다.

치이이이익—!

천패양의 왼쪽 옷깃이 불길에 타올랐다.

보통의 불과 달리 쉽게 꺼지지 않는 불길이었다.

천패양이 거듭 자리를 이동하는 것으로 태양신마의 이어진 공격에 대비하며 다급하게 손으로 문질러서 불길을 잡았다.

그러다가 사색이 되었다.

"흐흐흐……!"

태양신마가 어느새 그의 면전을 가로막은 채 히죽 웃고 있었다.

이번에 그는 천패양의 회피를 예상하고 미리 그 자리를 선점하고 있었던 것이다.

"헉!"

시퍼런 불길로 타오르는 태양신마의 한손이 한순간에 거대하게 커졌다.

워낙 빠르게 내밀어진 손이라 천패양의 눈에는 그렇게 보였다.

천패양은 다급하게 마주 쌍수를 내밀었다.

피하고 자시고 할 여유가 없어서 내린 그의 선택이었다.

꽝-!

요란한 폭음이 터지며 천패양의 전신이 시퍼런 불길에 휩싸였다.

태양신마의 강력한 양강진력 앞에서 천패양이 일으킨 마공의 마기가 사그라진 결과였다.

순간적으로 보인 그 모습 뒤로 천패양의 신형이 튕겨져 나갔다.

그냥 튕겨져 나가는 것이 아니라 빠르게 던진 돌이 물수제비를 뜨듯 바닥에 튀기는 와중에 몇 바퀴나 뱅글뱅글 돌아가며 저 멀리 굴러갔다.

그러다가 간신히 멈추고 일어난 그는 곧바로 새우처럼 허리를 접으며 왈칵 피를 토했다.

"우엑!"

검붉게 덩어리진 피와 선홍빛으로 맑은 피가 섞인 핏물이었다.

그대로 버티나 했던 그는 이내 자신이 토해 낸 핏물에 두 손을 집고 개처럼 엎드려서 재차 몇 사발이나 되는 핏물을 게워 냈다.

그 핏물 속에서 희끗거리는 작은 물체는 잘게 조각난 내장이었다.

태양신마가 이번에 시전한 엄청난 열양장력에는 내장을 안에서부터 산산조각 내버리는 내가중수법의 묘용도 내포하고 있었던 것이다.

그런 천패양의 신형에 검은 그림자가 드리워졌다.

어느새 그의 곁으로 다가선 태양신마의 그림자였다.

"……."

천패양이 간신히 고개를 들어서 태양신마를 올려다봤다.

태양신마도 온전한 모습은 아니었다.

머리는 산발이 되었고, 단정하던 의복도 여기저기 찢겨 나가서 넝마처럼 변해 있었다.

그의 입장에서도 사력을 다했던 천패양의 반격이 그리 가볍지만은 않았던 것이다.

천패양은 히죽 웃었다. 죽음을 예감하는 웃음이었다.

태양신마가 피식 따라 웃었다. 그리고 상체를 숙이며 머리카락은 물론 눈썹까지 타서 없어지는 바람에 민둥산처럼 변해 버린 천패양의 머리에 손을 얹으며 말했다.

"고통을 없애 주마."

천패양의 머리가 '퍽' 소리와 함께 수박처럼 터져 나갔다.

붉은 피와 허연 뇌수가 사방으로 비산했다.

태양신마는 이미 손을 털며 돌아서고 있었다.

"이익!"

아천기가 끝내 자리를 박차고 벌떡 일어나며 이를 갈았다.

"저, 저놈이……!"

구대종이 자리에 앉은 채로 지나가는 말처럼 중얼거렸다.

"태양신마요. 아까 그 보인 그 위세는 그자의 태양신공이 아니라면 절대 보일 수 없소."

"저 젊은 놈이 관외쌍신이라는 그 태양신마……?"

"반노환동이요. 전에 광천문주에게 얼핏 듣자 하니, 그 바람에 약간의 착오가 생겨서 관외쌍신의 다른 하나인 빙백신군 희산월은 잡아 죽였지만, 저놈은 놓쳤다고 합니다."

나 몰라라 딴청을 부리고 있던 부이문이 관심을 보이며 물었다.

"그럼 광천문이 관외에서 고전하다가 결국 후방으로 물러난 것이 저자 때문이라는 거요?"

"아마 그럴 거요. 자존심이 상해서인지 아니면 다른 무슨 이유가 있는지는 몰라도, 광천문주가 그 부분은 함구하고 있어서 잘은 모르겠지만, 저자를 추종하는 놈들이 황군과 손잡고 광천문의 진영에 난입한 게 틀림없을 거요."

"그럼 광천문주의 한 팔을 자른 것이 저자일수도……?"

"글쎄요…… 광천문주가 도통 그때의 일은 입을 열지 않아서 잘 모르겠지만, 저자의 실력이 그간 우리가 아는 것보다 훨씬 출중한 것은 확실하구려."

대답을 끝낸 구대종이 문득 이맛살을 찌푸리고 고개를 갸웃하며 혼잣말을 중얼거렸다.

"근데, 저놈이 풍잔에 있었다니, 이거 우리가 아는 정보가 틀려도 너무 틀리는 것 같은데……?"

"에잇!"

가만히 듣고 있던 아천기가 분노를 삭이지 못하고 울컥하며 언성을 높였다.

"그놈이 이놈이든 저놈이든 그게 뭐가 중요하겠소! 두 분 종사에게 내가 이렇게 부탁하겠소! 내가 나설 수 있게 해 주시오!"

구대종이 붉으락푸르락하는 아천기의 얼굴을 못 본 척 외면하며 냉정하게 대답했다.

"불가(不可)하오."

아천기가 물었다.

"본인이 이렇게 부탁하는데도 말이오?"

반문하는 아천기의 얼굴에 유일한 털인 염소수염이 파르르 떨렸다.

모르긴 해도 머리카락이 있었다면 그 한 올 한 올이 살아 있는 뱀처럼 구불구불 일어나서 하늘로 뻗쳤을 터였다.

그만큼 그는 폭발하기 일보 직전까지 분노한 모습이었다.

그러나 구대종은 어디까지나 태연자약했다.

"부탁은 말 그대로 부탁일 뿐이니, 그걸 거절한다고 해서 부당한 것이 아닌데, 그리 잡아먹을 듯이 노려보는 것은 심히 우려되는 실례요, 아천기 종사."

아천기가 그제야 자신의 실태를 자각한 듯 애써 분노한 기색을 억누르며 물었다.

"그럼 이유나 들어 봅시다. 대체 왜 불가하다는 거요?"

구대종이 대답했다.

"그렇게 따지고 드는 것도 심히 불쾌하긴 하나, 아천기 종사의 기분을 생각해서 대답해 드리리다. 두 가지 이유요. 작게는 이번이 아천기 종사의 차례가 아니라는 것이고, 크게는 아천기 종사가 나서면 전면전이 불가피한데, 우리는 대기하라는 이공자의 명령을 받았다는 거요."

아천기는 실소하며 말했다.

"실로 새삼스럽구려. 본인의 차례가 아닌 것은 차치하고, 구대종 종사가 대체 언제부터 이공자의 명령을 그리도 철저히 수행했다고 이러는지 모르겠소."

구대종이 여전히 침착함을 잃지 않았다.

다만 그 입에서 나온 얘기는 실로 파격이었다.

"그럼 그냥 나서시던가. 말로는 몰라도 몸으로 그걸 막을 도리는 본인에게 없으니 말이오."

아천기는 이 말에 적잖은 충격을 받았다.

지금 자신을 말리는 구대종이 사실은 부추기고 있는 거라는 생각이 뇌리를 스쳤기 때문이다.

그런 생각으로 은연중에 곁에 앉은 부이문을 살펴보니 그 역시 구대종과 마찬가지로 더 없이 차분했다.

약간 놀란 듯 하는 것은 시늉에 불과했고, 실로 의미심장한 미소가 그 뒤에 가려진 것 같았다.

아니, 오히려 흥미로운 구경을 한다는 듯한 모습으로 느껴졌다.

그 역시 내심 그가 나서기를 바라는 듯한 모습이라는 기분이 들었다.

순간, 아천기는 실로 찬물을 들이켠 것처럼 정신이 맑아졌다.

구대종과 부이문의 태도가 자기 자신 이외의 아무도 믿지 않는 마교의 냉혹한 현실을 일깨워 준 것이다.

"구대종 종사의 말을 듣고 보니 과연 본인이 너무 과민했음을 알겠소. 일깨워 줘서 고맙소, 구대종 종사."

아천기가 태도를 바꾸며 사과하는 그때, 무언가 뜨거운 열기가 그들을 향해 쇄도했다.

그들은 반사적으로 분분히 신형을 날렸다.

펑―!

거친 폭음이 터지며, 아천기 등과 그 수하들이 순간적으로 비운 그 자리가 불바다로 변했다.

그리고 저 멀리 풍잔의 진영으로 돌아가던 태양신마가 이쪽을 향해서 손을 흔들고 있었다.

태양신마가 돌아가다가 말고 한 방 날렸던 것이다.

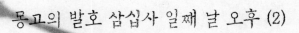

몽고의 발호 삼십사 일째 날 오후 (2)

"마지막 한 방은 너무 심했습니다."

풍잔의 영내로 돌아온 태양신마를 보자마자 제갈명이 건넨 은근한 질타였다.

태양신마는 상관하지 않고 태연하게 딴청을 부렸다.

"나도 몰랐지. 내 장력이 거기까지 날아갈 줄은. 그간 놀기만 했는데, 묘하게 진보했네."

제갈명은 내심 고소를 금치 못했다.

그간 태양신마가 놀기만 한 게 아니라 이를 악물고 정진했다는 사실은 그는 물론이거니와 풍잔의 모두가 익히 잘 알고 있었다.

지금의 태양신마는 처음 풍잔에 합류할 때보다도 훨씬 더

고강해진 상태였다.

그래서 한마디 더 주의를 줘야 하나 고민하는 참인데, 먼저 나서는 사람이 있었다.

"통쾌하기만 한데 뭘 그래요? 저 정도는 해 줘도 되요! 남의 구역에 와서 무력시위를 하는 놈들을 상대로 너무 심한 게 뭐예요? 당장에 쳐들어가서 하나하나 물고를 내도 시원찮을 판에!"

새롭게 합류한 귀수옥녀 화사였다.

여전히 풍잔의 정찰과 경계의 일각을 담당하고 있는 그녀가 그사이 다른 사람과 임무를 교대하고 합류한 것이다.

"잘했어요, 복양 할아버지! 역시 화끈하셔! 내가 이래서 복영 할아버지를 좋아한다니까!"

화사가 손수 차까지 가져와서 건네주며 태양신마의 헝클어진 머리카락과 너덜너덜해진 옷깃을 정리해 주는 등 부산을 떨었다.

태양신마가 굳이 그녀의 손길을 거부하지 않으면서도 못내 겸연쩍어 했다.

"다 좋은데, 할아버지라는 말은 좀……."

화사가 인상을 썼다.

"할아버지보고 할아버지라고 하는데, 뭐가 좀이에요? 얼굴만 멀쩡하면 백 살 나이가 어디로 가요?"

"그렇긴 하지만, 그래도 할아버지라는 말은 좀……."

"예민하시긴, 알았어요, 알았어! 복양 청년! 됐죠?"

"아……."

태양신마가 실로 무색해진 표정으로 더는 말하지 못하고 함구했다.

더 얘기했다가는 그녀의 입에서 무슨 다른 얘기가 나올지 몰라서 두려워하는 기색이었다.

제갈명도 그랬다.

상대가 누구든, 하다못해 설무백에게조차 일단 할 말은 하고 보는 그였지만, 이것이 그의 약점 중 하나였다.

태생적인 한계처럼 그는 여자에게 약했다.

여자에게는 무조건 잘 보이고 싶어 하는 마음을 가지고 있었기 때문이다.

'뭐 차라리 잘한 것일 수도…….'

제갈명은 내심 그렇게 생각을 돌렸다.

순전히 화사 때문에 그런 것만은 아니었다.

태양신마의 한 방으로 말미암아 이제야말로 저들은 선택의 기로에 선 것이 확실하기 때문이다.

풍잔의 노익장들 중에서 가장 생각이 깊은 천월이 그런 그의 마음을 읽은 것 같았다.

슬쩍 말을 건넸다.

"이제 좀 뭔가 잡히는 게 있나?"

천월의 이 말에 좌중의 모두가 시선을 모았다.

제갈명은 슬쩍 마교의 진영으로 시선을 돌리며 대답했다.

"이제 저들이 어떻게 나오나 봐야지요."

천월이 물었다.

"어떻게 나올 것 같나?"

제갈명이 대답했다.

"그야 저도 모르지요. 다만 여기서 다시 단기 접전을 신청하면 저들 중에 악초군을 등진 자가 없는 거죠. 다들 자신의 분노를 억누를 정도로 악초군을 추종한다는 얘기가 되니까요."

검노가 이채로운 눈빛을 드러내며 끼어들었다.

"아니, 그럼 뭐야? 그게 아니라면 이제 저놈들이 전면전에 나선다는 거잖아?"

제갈명은 고개를 저으며 태연하게 대꾸했다.

"딱히 그런 것만은 아닙니다. 저들 중에 악초군을 추종하지 않는 자가 나서려고 해도 악초군을 추종하는 다른 자가 막을 수도 있지 않겠습니까. 그와 무관하게 그냥 울컥해서 나서는 자가 있을 수도 있고 말입니다."

검노가 도통 모르겠다는 표정으로 말했다.

"그럼 대체 이걸로 어떻게 저들 중에 악초군을 추종하지 않는 자가 있다는 것을 판단할 수 있다는 거야?"

제갈명은 어디까지나 태평스럽게 대답했다.

"시간을 보면 됩니다. 지금 당장 뛰쳐나오는 자가 있다면 그건 그냥 분을 이기지 못해서일 가능성이 크지만, 시간을 두고, 이를테면 오늘 저녁 혹은 내일이나 모레에 나선다면 얘기가 다르지요."

"어떻게 다른데?"

"그건 악초군의 명령에 따라 전면전을 거부하는 자를 설득해서 나서는 거거나, 그게 아니더라도 나름 철저히 준비해서 나서는 걸 테니까요."

검노가 이제야 이해했다.

"그놈이 악초군에 반하는 놈이다 이거군."

"그렇죠."

제갈명이 수긍하기 무섭게 검노가 자못 음충맞은 기소를 흘리며 말을 받았다.

"흐흐, 이제 보니 너도 간이 크긴 하구나. 여차하면 전면전이라는 것을 알면서도 이 짓을 벌이다니 말이야."

제갈명이 정색했다.

"그걸 이제 아셨단 말이에요? 실망스럽네."

검노가 웃음기를 지우며 쩝쩝 입맛을 다셨다.

"하긴, 내 앞에서 고개를 빳빳이 들고 대드는 놈은 풍잔에서 누구 빼면 네가 거의 유일하긴 하지."

환사가 불쑥 끼어들며 물었다.

"혹시 빼 버린 그 누구라는 놈이 나요?"

검노가 짐짓 놀란 표정을 지었다.

"어떻게 알았지?"

환사의 얼굴이 우거지상으로 변했다.

그 입에서 다른 말이 나오기 직전에 천월이 말했다.

"일단 전면전을 선택하진 않았군."

좌중의 시선이 일제히 마교의 진영으로 돌려졌다.

마교 진영의 목책이 열리며 검게 그늘진 건장한 사내 하나가 밖으로 나서고 있었다.

앞선 다른 자들과 달리 문을 나서기 전부터 전신의 마기를 끌어 올려서 그렇듯 검게, 마치 짙은 그림자처럼 보이는 것이다.

검노가 눈살을 찌푸리며 말했다.

"예사롭지 않은 놈인데?"

제갈명이 말했다.

"그러니 부탁드립니다."

검노가 나서 주길 바라는 것이다.

그런데 검노가 바로 나서지 않고 눈을 멀뚱거렸다.

"쟤가 나서는데?"

제갈명이 무슨 말인가 싶은 표정을 짓다가 이내 후다닥 돌아서서 뒤를 바라보았다.

그런 그의 시선에 총총히 자리를 떠나는 화사의 모습이 들어왔다.

"저, 저기 화사 소저……!"

화사가 돌아보지도 않고 손을 흔들어 보이며 대꾸했다.

"걱정 마요. 여자를 이끼고 귀히 여기는 제갈 군사의 성품은 익히 잘 알고 있으니까, 절대 안 다치도록 하지요."

"……."

제갈명은 말문이 막혀 버렸다.

뒤편에 검매 사문지현과 함께 앉아 있던 제갈향이 그런 그를 어이없다는 듯이 바라보며 말했다.

"아휴, 저 고질병!"

사문지현이 고개를 갸웃했다.

"고질병?"

제갈향이 얼굴을 붉혔다.

이제야 자신이 무심결에 실언을 했다고 느낀 것이다.

주변의 모든 시선이 그녀를 바라보고 있었다.

사문지현이 채근했다.

"뭐야?"

제갈명이 쑥스러워하며 대답했다.

"아, 그게, 습관적으로 모든 여자에게 다 저래서…… 예전부터, 그러니까 어릴 때부터 그랬어요. 상대가 누구든 같은 남자에게는 맞아 죽을지언정 끝까지 대들면서도 여자에게는 찍소리도 못하죠. 잘 보이고 싶어서요. 병이에요, 병. 고질병."

"아하!"

사문지현이 이제야 알겠다는 표정으로 말했다.

"그래서 나나 언 사매에게도 그렇게……!"

제갈명이 다급하게 외쳤다.

"이제 시작할 모양입니다!"

검노가 냉큼 손을 내밀어서 제갈명의 머리를 한 대 쥐어박았다.

"그게 그렇게 큰 소리로 얘기할 일이냐? 게다가 아직 대치도 안 했잖아!"

사실이었다.

화사는 이제 막 풍잔의 진영을 벗어나고 있었다.

이미 마교의 진영과 풍잔의 진영 사이에 있는 공터의 중앙에 나서 있는 흑의사내와 대치하려면 적어도 십여 장은 더 나아가야 했다.

그러나 제갈명의 생각은 달랐다.

두 손으로 머리를 감싼 그가 악을 쓰며 말했다.

"대치는 아무나 다 하나요! 화사 소저를 몰라서 그래요? 게다가 통성명은커녕 선전포고고 뭐고 무시할 게 뻔하잖아요!"

검노가 바로 수긍했다.

"아참, 그렇지!"

그때였다.

제갈명의 말마따나 대치고 뭐고 없이 바로 싸움이 시작되었다.

화사가 대치고 뭐고 없이 흑의사내와의 거리가 십여 장으로 좁혀지자 바로 공격했던 것이다.

취리리릭-!

화사의 손이 흡사 논밭에서 씨앗을 부리는 것처럼 크게 휘둘러졌다.

물론 그녀의 손에서 뿌려진 것은 씨앗이 아니었다.

수십 개의 빛줄기였다.

"적엽비화……?"

검노를 비롯한 환사와 천월 등이 이채로운 눈빛으로 제갈명을 쳐다봤다.

제갈명이 그런 그들의 시선을 마주하지도 않고 말했다.

"맞아요. 동생이 화사 소저에게 전해 주었죠. 화사 소저하고 딱 어울린다나 뭐라나. 과연 어울리긴 하네요. 상대에게는 별 효과가 없는 것 같기는 하지만요."

제갈명의 말 그대로였다.

화사의 손에서 뿌려진 수십 개의 빛줄기, 바로 적엽비화를 상대, 흑의사내는 순간적으로 자리를 이동해서 피해 냈다.

한 번의 이동으로 보이지만, 사실은 십여 번이나 자리를 바꾸는 이동이었다.

지켜보는 사람들 중에서 백의 하나도 제대로 보지 못한 그것을 검노가 정확히 보고 말했다.

"한 동작으로 열여덟 번이나 위치를 바꾸는군."

환사가 말을 받았다.

다른 건 몰라도 무공에 대해서만큼은 실로 박학다식한 그인데다가 그도 검노처럼 흑의사내의 움직임을 정확히 보았기 때문이다.

"아홉 번의 동작이 반복되었소. 한 동작으로 아홉 번의 이동이 가능한 신법을 연거푸 시전한 건데, 천하에 아무리 많은 신법이 있어도 저런 움직임이 가능한 신법은 그리 많지 않지 않소. 그러니 조금만 더 보면 저놈의 정체를 알 수도……."

환사가 바로 말을 그쳤다.

화사와 흑의사내가 본격적으로 격돌했기 때문이다.

기민한 신법으로 화사의 적엽비화를 피해 낸 흑의사내가 연거푸 기민한 신법을 발휘해서 화사와의 거리를 좁히다가 이내 다시금 측면으로 물러났다.

화사가 연이은 적엽비화를 시전했던 것이다.

그 순간에 화사가 다시금 수십 줄기의 빛을 뿌렸다.

흑의사내가 거듭해서 흐릿해지며 십여 번의 자리를 이동하는 신기를 발휘했다.

그러면서 화사에게 접근했다.

화사와 흑의사내의 거리가 많이 좁혀졌다.

흑의사내가 적엽비화를 피하면서 조금씩 다가서는 것인데, 그의 손에 들린 검은 서슬의 칼날이 마기로 이글거렸다.

이제 두 사람의 간격은 이장 내외로 좁혀져 있었다.

화사가 그 순간 허공으로 도약하며 흑의사내를 향해 손을 뻗어 냈다.

묘하게도 이번에는 그녀의 손에서 아무런 현상도 일어나지 않았다.

마치 흑의사내를 놀리려는 혹은 빈틈을 찾으려는 헛동작, 일종의 허초인 것으로 보였다.

그러나 실제는 그게 아니었고, 검노 등이 대번에 느낀 것처럼 흑의사내도 바로 그것을 느낀 모양이었다.

흑의사내가 자리를 바꾸는 움직임을 멈추지 않은 상태로 다급하게 수중의 칼을 휘둘렀다.

검기성강의 기운과 뒤섞인 검은 기류, 마기가 사방으로 뻗쳐나갔다.

역시나 한 동작으로 보이지만, 사실은 십여 개의 투로가 정교하게 연결된 초식이었다.

환사가 그것을 알아보았다.

"벽안소요자의 구환탈백도다! 그럼 저놈이 그의 진전을 물려받았다는 수라마영 그놈인가?"

다음 순간, 요란한 금속성이 터졌다.

깡―!

흑의사내의 칼이 화사의 공격을, 바로 절대암기 비환을 막아냈던 것이다.

흑의사내가 그 여파를 견디지 못하고 주룩 뒤로 밀려 나갔다.

그사이에 지상으로 내려오며 비환을 회수한 화사가 지그시 입술을 깨문 채 그런 사내의 모습을 싸늘하게 바라보고 있었다.

놀람이나 당황이 아니라 그녀 특유의 오기가 발동한 모습이었다.

"그렇다면 답이 나오지. 저 신법은 벽안소요자의 구천비운종(九泉飛雲縱)이오."

환사의 설명이 끝나기 무섭게 예충이 우려했다.

"그럼 화사가 고전하겠군."

검노가 이채로워했다.

"고전씩이나?"

예충이 말했다.

"벽안소요자의 구천비운종은 당시 십대경공신법 중 하나로 평가받던 고절한 신법이오."

검노가 고개를 갸웃했다.

"그랬던가?"

예충이 어련하겠냐는 투로 그저 웃으며 계속 설명했다.

검노가 지난날의 오랜 구금 생활로 인해 강호사에 대해서 매우 무지하다는 사실을 그는 익히 잘 알고 있는 것이다.

"당시 정사지간의 최고수들로 평가받는 이십팔숙들과의 비무에서 그에 대한 유명한 일화 몇 개 있는데, 대숙인 구천노조 호연작과 그 자리를 노리던 비선 진광 등과의 비무에서 끝내 승부를 내지 못한 일화는 아직도 호사가들의 입에 오르내리는 유명한 일화요. 호연작과 진광 모두 승부에서는 분명 우위를 점했으나, 끝내 벽안소요자의 구천비운종을 따라잡지 못했다고 하더이다."

검노가 이제야 수긍하는 듯 고개를 끄덕이는 참인데, 환사가 나서며 말을 더했다.

"그것도 그렇지만 저놈의 도법이 예사롭지 않구려. 아무래도 패도삼절(覇刀三節)을 전부 다 익히고 또 경지를 이룬 것 같소."

패도삼절은 벽안소요자의 성명절기인 세 가지 도법을 뜻했다.

과거 벽안소요자는 실로 특이하게도 사뭇 다른 세 가지 도법을 구사했는데, 힘과 파괴력의 극을 추구하는 강령심삼도와 변화의 극을 추구하는 구환탈백도, 속도의 극을 추구하는 단월단심도가 바로 그것이었다.

하나의 극을 추구하는 것만으로도 버거운 것이 무공의 길임에도 벽안소요자는 세 방면의 극을 추구했고, 또 상당 부분 경지를 이룬 절대고수였던 것이다.

"그럼 적당히 물러나게 하는 것이⋯⋯?"

걱정스럽게 그들의 말을 듣고 있던 제갈명의 조심스러운 제안이었다.

환사가 코웃음을 쳤다.

"저 계집이 어디 말을 들을 계집이더냐?"

제갈명은 우거지상이 되었다.

화사의 강단과 고집을 깜빡 잊고 있었던 것이다.

주군의 말이라면 모를까, 죽어도 물러서지 않을 여자였다.

그때 나직하나 낭랑하게 느껴지는 목소리가 들려왔다.

"그리 걱정하지 않아도 될 거예요."

제갈명은 말할 것도 없고, 좌중의 모든 시선이 한곳으로 쏠렸다.

사문지현과 제갈향의 뒤쪽에 앉아 있는 강팍한 인상의 중년 사내였다.

누구는 실소하고, 또 다른 누구는 어리둥절해하는 가운데, 제갈명이 웃지도 울지도 못하겠다는 표정으로 말했다.

"저기, 평상시에는 그냥 본래의 모습으로 있는 것이 어떻소? 늘 작심하고 있는 나도 가끔 깜짝깜짝 놀라는데, 다른 사람들은 오죽할 것이오."

강팍한 인상의 중년사내가 아차 하는 표정을 지으며 한손으로 자신의 얼굴을 문질렀다.

그 동작과 동시에 그의 얼굴이 날카로운 눈매를 가진 곱상한 미인인, 대력귀의 얼굴로 바뀌었다.

"습관이 돼서……."

대력귀의 변명이었다.

제갈명은 어련하겠냐는 투로 웃으며 다시 물었다.

"아무려나, 걱정하지 않아도 된다는 소저의 말은 무슨 뜻인 겁니까?"

매주 진지해진 말투였다.

딱히 좋아하는 사람이 아니라도 여자 앞에서는 진지해지는 것이 그의 속성인 것이다.

대력귀가 대수롭지 않게 대답했다.

"말 그대로 걱정하지 말라고요. 신법이든 뭐든 화사가 밀릴 일은 없으니까요."

제갈명이 어리둥절해했다.

검노와 예충, 환사 등, 좌중의 대부분이 그와 같은 표정이었다.

다만 세 사람만 달랐다.

한 무리를 지어 앉아 있는 사문지현과 제갈향, 언비연 등이 바로 그랬다.

제갈명은 대력귀 앞에 앉아 있기 때문에 저절로 눈에 들어온 그녀들의 표정과 기색을 보고 대번에 그녀들만 아는 무언가가 있다는 판단을 하며 물었다.

"물론 이유가 있겠지요?"

대력귀가 간단하게 대답했다.

"제가 번천신보(飜天神步)를 전했거든요."

제갈명의 눈이 절로 커졌다.

좌중의 모두가 그와 같았다.

적잖게 놀라는 것으로 상황을 이해하는 것이다.

번천신보는 대력귀의 성명절기였다.

정확히는 대력귀가 과거 삼천존의 일인인 낭왕의 우비위인 신영의 후인으로서 물려받은 극고의 신법이었다.

당시 신영이 십대신법의 고수로 명성을 떨쳤다는 것은 차치하고, 작금의 대력귀를 능가할 신법의 고수가 대체 몇이나 있을 것인가?

없진 않겠지만 매우 드물 것이 자명하다.

"그렇다면 그냥 볼만 하겠군."

예충의 인정이었다.

그 뒤로 좌중 모두가 앞서의 걱정과 우려가 거짓말인 것처럼 다시금 태연하게 전장으로 시선을 돌렸다.

제갈명은 내심 고소를 금치 못했다.

무슨 사람들이 고작 말 한마디로 이렇듯 쉽게 변할까?

다들 그만큼 대력귀를 신뢰한다는 의미가 되기도 하지만, 기본적으로 다들 여차하면 누군가 나서서 혹은 자신이 나서서라도 능히 해결할 수 있다는 생각을 가졌기 때문일 터였다.

막말로 말해서 다들 정말 만만찮게 강하고, 또 그만큼 특이한 인물들인 것이다.

'아무리 한솥밥을 먹는 동료라지만, 자신의 성명절기를 아무렇지도 않게 넘기는 사람이나, 그걸 보고도 별다른 내색이 없는 사람이나…… 정말 강호 무림에 사는 무인들 맞는 거야?'

이런 인물들 사이에 있으니 한때 남 못잖게 괴이한 사기행각으로 비취호리라는 별호까지 얻은 그가 매우 정상적인 사람처럼 보이게 되지 않는가.

실제로 지금 이 자리의 말석에 앉아 있는 설산파의 후예 적우나 기련삼마의 후예들인 이신과 이마, 이요의 무력이 그보다

높은 것이 사실이고 말이다.

'어쩌면…….'

제갈명은 내심 든든하기도 하고, 다른 한편으로 이런 사람들을 복종시키고 하나로 규합한 설무백의 능력이 새삼 감탄스럽다 못해 두렵기까지 해서 자신도 모르게 몸서리를 쳤다.

'천하제일…….'

제갈명의 뇌리에 문득 그런 생각이 스쳐 지나가는 참인데, 잠시 대치하고 있던 전장의 두 사람, 수라마영과 화사가 움직였다.

먼저 움직인 것은 수라마영이었다.

거의 대부분의 사람들 눈에는 그가 그저 제자리에서 이리저리 몸을 흔들고 있는 것처럼만 보였지만, 사실은 한순간에도 수십 번씩 위치를 이동했고, 그러면서 화사에게 다가서고 있었다.

실로 경지를 이룬 신법, 구천비운종의 연계(連繫)였다.

화사가 그 뒤를 따라서 움직였다.

대부분의 사람들이 대체 그녀가 어떻게 움직였는지 보지 못한 극쾌(極快)의 신법이었다.

검노가 그것을 정확히 본 듯 감탄했다.

"오, 수라마영과 비등한 속도인 걸!"

"더 빠를 거요."

환사가 말꼬리를 잡으며 마치 자신의 일인 것처럼 어깨를 으쓱이며 자랑했다.

"과거 신영의 신법은 낭왕조차도 인정하는 바였으니 말이오."

과연 그랬다.

사실 검노도 내심 문제는 화사가 대력귀가 전해 준 번천신보를 어느 정도의 경지까지 수련했는가가 관건이라고 생각했는데, 화사의 경지는 실로 상당했다.

늦게 움직였음에도 불구하고 오히려 수라마영보다 빠르게 접근하고 있었다.

아마도 그 때문일 것이다.

그들의 대결에 변화가 생겼다.

수라마영은 자신의 장기인 신법을 활용해서 빠르게 다가선 다음 패도삼절의 하나로 승부를 내려고 했던 것 같았다.

그러나 화사가 오히려 자신보다 빠른 움직임을 보이자 감히 더는 접근하지 못하고 물러났다.

화사가 그런 그를 따라붙었다.

수라마영이 가일층 속도를 내서 그녀를 뿌리치려 애썼다.

화사는 떨어지지 않았다.

미처 잡아채지는 못했지만 그야말로 그림자처럼 그의 뒤에 붙어서 따라갔다.

수라마영이 어지럽게 주변을 날아다녔다.

화사가 거머리처럼 혹은 아교처럼 그 뒤에 붙어 다녔다.

그야말로 공격을 배제한 신법의 대결이었다.

아니, 공격하고 싶어도 공격할 수 없는 것인지도 몰랐다.

쫓기는 자는 쫓기는 자대로, 쫓는 자는 쫓는 자대로 한순간의 멈춤이 다른 어떤 반격의 빌미를 제공할지 모른다는 두려움을 느낄 수도 있었다.

그 정도로 그들의 움직임이 빨랐다.

주변이 흐릿해진 그들의 그림자로 가득 찼다.

어디에도 있고, 어디에도 없는 것이 그들의 모습이었다.

실체가 없는 수십, 수백의 허깨비들이 허공을 날아다니고 있었다.

누가 더 빠르고 누가 더 느린지 알 수 없는 속도의 싸움이었다.

그러나 지켜보는 사람들은 몰라도 당사자들은 그것을 정확히 알고 또 인지하고 있었다.

그들의 간격이 미세하나마 조금씩 줄어들고 있었던 것이다.

화사는 그 와중에 손을 내밀었다.

매우 느리게 보이지만 사실은 더 없이 빠른 손 속이었다.

빛살처럼 빠른 그들의 속도를 감안하면 당연히 그랬는데, 바로 그의 눈앞에서 달리고 있는 수라마영을 향해서였다.

처음에는 흐릿한 그림자로만 보이던 수라마영이 이제는 또렷하고 선명하게 그녀의 눈에 들어와 있었다.

수라마영이 느려진 것이 아니라 그녀가 그의 속도와 같이 달리다가 이제는 오히려 빨라졌기에 가능한 일이었다.

수라마영도 그녀가 자신의 뒤에 바싹 붙었다는 사실을 인지한 것 같았다.

그녀를 때어 내려는 듯 이리저리 몸을 뒤집고 방향을 바꾸며 내달리고 있었다.

하지만 소용없었다.

화사는 그의 모든 동작을 그대로 답습하며 한사코 그의 뒤에서 떨어져 나가지 않았고, 오히려 조금씩 거리를 좁히며 손을 뻗어 내고 있는 것이었다.

수라마영이 더는 안 되겠는지 제자리를 뱅글뱅글 맴돌았다.

화사를 떼어 낼 수 없자 역으로 그녀의 뒤를 잡으려는 노력이었다.

그게 오판이자, 첫 번째 실수였다.

오히려 그 바람에 속도가 줄고 화사와의 거리가 더욱 가까워졌다.

화사가 그 기회를 놓치지 않고 손을 뻗었고, 그녀의 손끝에 수라마영의 뒷덜미가 닿았다.

"익!"

수라마영이 반사적으로 돌아서며 칼을 휘둘렀다.

속도 싸움을 포기하고 반격에 나선 것인데, 그게 두 번째이자, 최악의 실수였다.

파앗-!

반사적으로 돌아서며 휘두른 수라마영의 칼이 미처 선을 그리기도 전에 화사의 손에서 하얀 빛이 튀어나갔다.

절대암기 비환이었다.

써걱-!

섬뜩한 소음이 울렸다.

오직 수라마영의 귀에만 들리는 소음이었다.

비환이 칼을 휘두르던 그의 손목을 가르며 지나간 것이다.

수라마영은 막을 수도, 피할 수도 없었다.

비환이 발하는 하얀 빛이 그의 눈에 들어왔을 때, 비환은 이미 그의 손목을 가르고 지나간 후였다.

그래서 그 순간에 그가 할 수 있었던 행동은, 아니 어쩔 수 없이 해 버린 행동은 잘려진 손목으로 칼을 휘두르는 동작을 마저 하는 것이었다.

추르륵-!

칼을 잡은 채로 잘려진 수라마영의 손이 허공으로 떠오르는 사이, 그가 손이 잘려져 나간 손목을 휘두르는 바람에 뿌려진 핏물이 화사의 얼굴에 뿌려졌다.

화사는 그 핏물을 피하지 않았다.

대신 다른 손을 휘둘러서 뒤늦게 손목의 고통을 느끼며 미간을 찌푸리는 수라마영을 휩쓸었다.

취리리리릭-!

화사의 손을 떠난 수십 개의 섬광이 수라마영의 얼굴을 비롯한 전신에 틀어박혔다.

적엽비화였다.

"크으으……!"

수라마영이 억눌린 신음을 흘리며 한 마리의 고슴도치처럼 변해서 바닥에 엎어졌다.

풍잔의 진영에서 '와' 하고 함성이 터졌다.

화사가 한 손을 번쩍 들어서 그게 호응하고는 이내 그 손을 단호하게 내려서 바닥에 엎어진 수라마영의 머리를 취했다.

그녀의 손으로 돌아온 비환이 짧게 뻗어 나가서 그의 목을 베었고, 수라마영의 머리를 속절없이 바닥으로 떨어졌다.

일찍이 중원을 등진 한간으로 세외를 떠돌다가 마교 산하 구대종파의 하나인 미륵귀선교에 입문해서 제이제사장의 위치까지 오른 수라마영은 그렇게 죽었다.

"하하, 이제 됐네요."

화사가 바닥에 엎드린 수라마영의 목을 베는 순간과 동시에 호탕하게 터진 제갈명의 말이었다.

검노가 어리둥절해하며 물었다.

"되다니? 뭐가 됐다는 거지?"

아무래도 제갈명의 말은 무심결에 뱉어진 것 같았다.

검노의 질문에 그는 바로 대답하지 못하고 애매한 표정으로 변해서 머뭇거렸다.

천월이 그런 그의 속내를 읽은 듯 허허롭게 웃으며 말했다.

"내색만 하지 않았을 뿐이지, 우리 제갈 군사가 속으로 걱정이 많았던 모양이오."

환사가 말꼬리를 잡았다.

"무슨 말이야?"

검노가 오랜 구금 생활로 보통 사람보다 논리적이지 못하고 눈치가 없다면 환사는 그냥 태생적으로 그랬다.

그걸 익히 잘 아는 천월은 대수롭지 않게 받아넘기며 설명했다.

"저것들이 바로 뛰쳐나올 것을 걱정했던 거지. 연전연패에 분해서 말이야."

환사가 지금 무슨 말을 하는 거냐는 듯 오만상을 찡그리며 물었다.

"지금도 졌잖아?"

천월은 답답하다는 표정 하나 없이 부연해 주었다.

"그러니까, 지금도 졌으니까 하는 소리야. 이제 오기가 나서라도 뛰쳐나오지 못할 거 아니냐. 그전까지는 저놈들이 뛰쳐나올 가능성을 전혀 배제할 수 없었는데, 이제는 아니다 이거지."

그리고 말을 제갈명에게 넘겼다.

"아니 그런가?"

제갈명이 애써 멋쩍은 표정을 감추며 말을 받았다.

"일개 개인의 싸움도 그렇지만 전쟁의 승패는 더더욱 사소한 실수나 감전의 변화로 결정되는 경우가 허다하지요. 이번에도 그렇습니다. 저들이 울컥해서 뛰쳐나올 가능성을 전혀 배제할 수 없었지요. 하지만 이젠 됐습니다. 천 노야의 말씀대로 이제 오기가 나서라도 뛰쳐나오지 않을 겁니다."

환사가 이제야 이해한 듯 고개를 끄덕이며 자기식으로 해석했다.

"쉽게 말해서 쌍륙(雙六)을 하는 노름꾼이 계속 지면서도 계속 돈을 거는 것과 같은 이치인 건가?"

실로 적당한 비유였다.

"그렇지요. 이제 오기가 나서라도 다른 생각을 않고 이걸로 승부를 보려고 할 겁니다."

제갈명은 일단 수긍하고 나서 토를 달았다.

"물론 이 순간만큼은요. 이기든 지든 이 시간이 지나면 또 어떻게 생각이 바뀔지 모르죠. 분한 마음에 당장 오늘 밤에라도 자다가 벌떡 일어나서 공격해 올 수도 있습니다."

검노가 이제야말로 모든 걸 이해한 표정으로 나서며 말했다.

"그에 대한 대비는 이미 다 해 두었다는 표정이군그래?"

제갈명은 그게 당연한 것 아니냐는 듯 자못 거만하게 어깨를 으쓱이며 대답했다.

"명색이 풍잔의 군사인데 그 정도 머리는 있어야죠."

천월이 불쑥 한마디 했다.

"요 며칠 자네보다는 향이가 더 분주하던데?"

제갈명이 뜨끔한 표정으로 하하 웃으며 겸손을 가장한 자랑을 늘어놓았다.

"아, 물론 향이의 수고가 많았지요. 제 지시를 따르느라 말입니다. 하하하……!"

아주 틀린 말은 아니었다.

난주로 진입하는 길목에 기문진을 설치하자는 제안은 그의 입에서 나온 것이 사실이니까.

지금 난주는 요소요소마다 제갈향이 전력을 기울여 펼친 기문진으로 인해 어지간한 대군이 몰려와도 능히 방어할 수 있는 철옹성으로 변해 있는 것이다.

천월이 어련하겠냐는 표정으로 웃어넘기는 참인데, 환사가 샛길로 빠진 대화를 본래의 위치로 돌려놓는 의문을 말했다.

"이제 대충 상황은 이해하겠는데, 쟤들이 우리 뜻대로 움직이지 않으면 어쩌지? 쟤들 대가리가 울컥해서 직접 나설 수도 있잖아?"

소 뒷걸음질 치다가 쥐를 잡은 것인지는 몰라도, 제대로 핵심을 찌르는 의문이었다.

여차해서 일월교주 구대종이나 생사교주 아천기 또는 귀선교주 부이문이 직접 나서서 단기 접전을 신청할 수도 있지 않은가.

좌중의 모두가 그와 같은 생각을 간과하고 있었던 듯 환사의 말과 동시에 제갈명을 바라보았다.

다들 듣고 보니 그런 것이다.

그러나 제갈명은 이미 그것까지 염두에 두고 있었던 듯 대수롭지 않게 대꾸했다.

"그건 간단하게 해결할 수 있습니다."

검노가 모두의 의문을 대신하듯 물었다.

"어떻게?"

제갈명은 히죽 웃으며 대꾸했다.

"그냥 안 나서면 되지요. 전장에서 단기 접전을 신청하면 무조건 받아 주어야 한다는 법이 어디 있습니까? 싫으면 안 받으면 그만이지요."

좌중 모두가 한 방 맞은 듯한 표정을 짓는 가운데, 제갈명이 자랑스럽게 웃었다.

"간단하지요? 하하하……!"

검노가 무색해진 얼굴로 실소했다.

"과연 제갈 군사다운 계략이군. 악랄하고 비열하지만 더 없이 효과적인, 그런……."

천월이 맞장구를 쳤다.

"과연 그러네요. 요즘 들어 종종 드는 생각이 있는데, 지금도 그 생각이 드네요. 제갈 군사가 우리 편이라는 게 천만 다행입니다. 적이었다면 울화통이 터져서 죽었을 것 같다는……."

제갈명이 그들의 말을 칭찬으로 들은 듯 더욱더 어깨를 으쓱였다.

그런 그에게 환사가 초를 쳤다.

"그렇다면 조심해야겠군. 쟤들에게도 제법 머리를 굴릴 줄 아는 애가 있을 거잖아. 그럼 이런 계략을 꾸미는 이쪽의 머리인 제갈 군사의 목을 따고 싶어서 안달이 날 테니까 말이야."

제갈명이 사뭇 위협적인 환사의 우려를 웃는 낯으로 태연하게 받아넘겼다.

"제가 누굽니까? 이미 그것도 다 계산하고 있지요. 하하하……!"

말을 꺼낸 환사를 위시해서 좌중 모두가 그의 말에 관심을 보이는 참인데, 예충이 벌레 씹은 표정을 지으며 말했다.

"제갈 군사, 너 혹시 요즘 난데없이 철두공(鐵頭功)을 배운답시고 밤마다 나를 찾아와서 괴롭히는 게 그것 때문이었던 거냐? 나를 호위무사 대용으로 쓴 거야?"

"무슨 그런 천만의 말씀을……!"

제갈명이 그게 무슨 말도 안 되는 말이냐는 듯 정색하고는 이내 히죽 웃으며 덧붙였다.

"호위무사라니요. 제가 감히 어찌 예 노야를 그렇게 생각하겠습니까? 저는 다만 그저 의지하는 거지요. 애초에 하도 노야들께서 제 머리를 동네북처럼 두드리시니 겸사겸사, 철두공도 익히고 안전도 도모하고, 그야말로 일석이조 아닙니까. 하하하……! 윽!"

자랑스럽게 웃던 제갈명이 문득 신음하며 두 손으로 머리를 감쌌다.

그의 말을 듣고 벌레 씹은 표정을 짓고 있던 예충이 더는 얄

미움을 참지 못하고 주먹으로 한 대 쥐어박은 것이다. 그리고 그는 검노를 쳐다보며 고개를 끄덕였다.

"과연 그 말이 실감되는구려. 이 인간이 적이 아니라서 천만다행이오."

검노가 새삼 실소했다.

뒤쪽에 있던 환사가 그 순간에 자신의 주먹을 매만지며 중얼거렸다.

"저 녀석이 철두공을 익힌다니 나는 주먹을 조금 더 단련해야겠군. 모름지기 상대가 아파해야 때리는 맛이 있으니까."

제갈명이 그 말을 듣고 울상을 지을 때였다.

짓궂게 따라 웃고 있던 검노가 문득 감탄했다.

"환사의 예감이 제대로일세. 정말 대가리 중 하나가 나섰네 그려."

좌중의 모든 시선이 파도에 휩쓸린 갈대처럼 전장으로 돌아갔다.

마교 진영의 목책은 굳게 닫혀 있었으나, 한 사람이 그 목책의 문을 훌쩍 뛰어넘어서 나서고 있었다.

이전 싸움의 승자인 화사가 그들의 자리로 돌아오기도 전에 나선 그 사람은 놀랍게도 정오의 햇살을 받아서 눈부실 정도로 빛나는 대머리의 사내, 바로 생사교주 아천기였다.

상대가 생사교주 아천기임을 확인한 좌중의 모두가 다시금 일제히 고개를 돌려서 제갈명을 바라보았다.

제갈명이 히죽 웃고는 자리를 털고 일어나서 옷매무새를 정리하며 말했다.

　"싸움은 회피해도 대응은 해 줘야지요."

　의복을 단정하게 정리한 제갈명이 보란 듯 뒷짐을 지며 느긋하게 발걸음을 옮겼다.

　진영의 입구인 목책의 문마루로 가는 것이다.

　검노를 비롯한 좌중 모두가 마치 엄마 오리를 따르는 아기 오리들처럼 총총히 그 뒤를 따라나섰다.

　다들 제갈명이 상대의 심기를 긁는 데 탁월한 소질을 가진 것을 알기에 대체 어떻게 대응하는지 궁금했던 것이다.

　제갈명이 그런 그들의 마음을 익히 잘 알고 있는지 더욱 어깨를 으쓱이며 건들건들 걸어서 목책의 문마루로 올라갔다.

　마침 생사교주 아천기가 벌써 저만치에 다가와서 삼엄한 기색으로 이쪽을 노려보고 있었다.

　문마루에 올라선 제갈명은 짐짓 묘하다는 눈치로 그런 아천기를 쳐다보며 말했다.

　"거 누군데 남의 문간에서 알짱거리고 있는 거요?"

　아천기가 황당해하는 표정을 지었다.

　여태 계속해서 단기 접전이 이어지고 있었는데, 제갈명이 갑자기 그게 없던 일인 것처럼 말하고 있으니 황당해하는 것이다.

　이윽고, 마음을 다잡은 듯 안색을 냉정하게 굳힌 아천기가 외쳤다.

"나는 생사교의 종사인 아천기라고 한다! 앞서 패배한 빚을 청산하기 위해서 이렇게 몸소 나섰으니, 어서 나서 거라!"

제갈명이 웃었다. 그리고 속닥이듯이 옆을 보며 말했다.

"대게 웃기네요. 상식적으로 종사라는 건 대종교에서 성도 천리한 사람을 높여 이르는 말로, 교인이 불러 주는 것이지 꼴사납게 자기가 자기 자신을 저렇게 높여서 부르는 경우는 없거든요. 이를 테면 다른 사람에게 나 황제님이다, 이러는 거라고요."

속닥이듯 말하고 있지만 전혀 속닥이는 말이 아니라 주변의 모두가 들을 수 있었다.

아천기가 그 소리를 듣지 못할 리 만무했다.

그의 안색이 대번에 붉으락푸르락했다.

그 상태로, 그가 이를 갈며 다시 소리쳤다.

"잡소리 집어치우고, 어서 상대할 자는 나서 거라! 단칼에 목을 베어 주마!"

아천기의 기도는 무공을 익힌 무인은커녕 마교의 마왕이라고 믿기 어려울 정도로 지극히 평범했다.

반지르르한 대머리와 어울리지 않는 미남자라는 독특한 외모가 이채롭게 보일 뿐이지 어지간한 사람의 눈에는 그저 일찍이 절간을 나선 파계승으로 보일 뿐이었다.

그러나 그렇기 때문에 그는 더욱 위험한 인물이라는 인상이었다.

마교의 마공을 익혔음에도 일체의 마기가 드러나지 않고 있다는 사실은 그가 이미 극마지경을 넘어서서 마기를 얼마든지 제어할 있는 제마지경에 들어섰음을 대변하고 있었다.

소위 막강한 내면의 마기로 인해 굳이 분노하지 않아도 상대를 절로 두렵게 만들어서 위축시키는 위압감을 풍기는 기상의 소유자인 것이다.

그런데 그런 그의 기상이 제갈명에게는 전혀 통하지 않았다.

그간 제갈명은 그보다 더한 기상의 소유자인 설무백을 곁에서 보며 성장했기 때문이다.

"쳇!"

제갈명은 대놓고 살기를 드러내는 아천기의 겁박에도 불구하고 누구 집 개가 짖느냐는 식으로 귀를 후비며 듣고 있다가 손가락에 묻은 귀지를 입으로 후 불고 나서 대꾸했다.

"안 갚아도 되니 그냥 가쇼."

"……?"

아천기가 제대로 알아듣지 못하고 오만상을 찡그렸다.

"대체 그게 무슨 개뼈다귀 같은 말이냐? 뭘 안 갚아도 되니 그냥 가라는 거야?"

제갈명이 태연하다 못해 심드렁하게 대꾸했다.

"아까 빚을 청산하러 왔다면서요? 그거 안 갚아도 되니까 그만 가시라고요."

"……."

아천기가 잠시 침묵했다.

대체 이게 무슨 상황인지 이해가 필요한 것 같았다. 그러다가 그는 이내 이해한 듯 극단적인 분노와 마주친 사람이 그러하듯 새파랗게 식은 얼굴과 차갑게 가라앉은 눈빛을 드러내며 악을 썼다.

"그, 그걸 왜 네, 네놈이 결정하냐! 그, 그건 당연히 우리 쪽에서……!"

제갈명은 얼마나 격하게 분노했는지 말까지 더듬는 아천기의 말을 더 듣지 않고 귀찮다는 듯이 손을 내저었다.

"거 참, 말귀 어두운 노인네가 말만 더럽게 많네! 싫다고요! 안 싸운다고요! 우리 지금 밥 때 돼서 밥 먹어야 하니까, 괜한 생떼 쓰지 말고 어서 돌아가쇼! 거기서 구린내 풍겨서 밥 맛 떨어지게 하지 말고! 확 그냥 소금을 뿌릴까 보다!"

"……!"

너무나도 어이없다 못해 기가 막히는지, 아천기가 입을 딱 벌린 채 굳어져서 아무런 말도 하지 못했다.

제갈명의 뒤쪽에 있던 천월이 우려했다.

"너무 심한 거 아냐? 아무리 봐도 저러다 확 이쪽으로 뛰어들 것 같은데 그래?"

제갈명이 고개를 저으며 단정했다.

이번에는 진짜로 낮은 속삭임이라 아천기가 듣지 못하는 말이었다.

"절대로 나서지 못할 겁니다. 우리가 아니라 뒤에 있는 자기

편이 무서워서요. 이유 여하를 막론하고 지금 울컥해서 나섰다가 다치면 자기만 손해인 바보짓이라는 것을 알 만한 머리는 있을 테니까요."

과연 그랬다.

아천기는 심중의 분노가 얼마나 대단한지 입술을 깨물며 옷깃이 흔들릴 정도로 부들부들 떨면서도 끝내 나서지 않았다.

그저 분하고 억울한 사람이 물러날 때 언제나 전가의 보도처럼 휘두르는 한마디를 남기며 돌아섰다.

"두고 보자!"

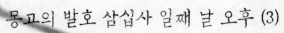

몽고의 발호 삼십사 일째 날 오후 (3)

"미쳤다! 정말이네! 그냥 돌아간다!"

곧바로 자리에 합류해서 상황을 지켜본 화사가 손뼉을 치며 탄성을 내질렀다.

제갈명이 자못 심드렁한 투로 으스댔다.

"그렇다니까요, 글쎄."

내내 침묵으로 일관하며 상황을 주시하고 있던 검산의, 즉 태산검문의 한상지가 처음으로 나서며 한마디 했다.

"저 모습을 보니 아무래도 오늘 저녁은 단단히 준비해야겠소."

좌중의 시선이 한상지에게 쏠렸다.

한상지가 머쓱한 표정으로 한마디 더했다.

"아무리 봐도 혼자라도 나설 기색으로 보여서 말이오."

제갈명이 웃으며 말했다.

"준비는 우리가 아니라 저들이 해야지요. 막상 준비를 할지는 모르겠지만 말입니다."

한상지가 이맛살을 찌푸렸다.

무슨 말인지 이해를 못해서 어리둥절해하는 표정이었다.

제갈명이 바로 부연해 주었다.

"저들이 치기 전에 우리가 먼저 칩니다. 오늘 저녁에 말입니다."

"오, 실로 의표를 찌르는 작전이구려!"

한상지가 놀라는 기색을 감추지 않으며 감탄했다.

그러다가 의외로 무덤덤한 좌중의 반응을 느끼고는 이내 어색한 표정이 되었다.

검노가 웃는 낯으로 나서며 말했다.

"세상물정 모르기는 자네도 나와 같군. 아니, 저 녀석을, 아니, 제갈 군사를 모른다고 해야 하나? 아무튼, 제갈 군사가 하는 일이 늘 그렇다네. 어떻게든 의표를 찌르지."

한상지가 좌중을 둘러보며 물었다.

"그럼 다들 이미 알고 계셨다는 겁니까?"

검노가 대답했다.

"이미는 아니고, 조금 전에 알았지. 제갈 군사가 싸움을 회피하며 저들이 울컥해서 나설까 봐 못내 걱정하고 있다는 사실을 알고부터 말일세. 아마 다들 그랬을 걸세. 피할 싸움이 아닌데 피할 이유가 어디에 있겠나. 다른 계획이 있다는 거 아니겠나."

"아……!"

한상지가 이제야 어느 정도 이해를 한 듯 고개를 끄덕이자, 예충이 나서며 부연했다.

"우리 제갈 군사가 매사에 의표를 찌르는 구석이 있거든. 말이나 행동이나 공히. 그래서 다들 짐작하는 거지. 무언가 다른 게 있다면 방어가 아니라 선공이라는 것을 말일세."

한상지가 웃으며 말했다.

"그렇군요. 소위 일심동체(一心同體)라는 거군요."

"우리가?"

검노와 예충이 펄쩍 뛰었다.

"아냐, 그런 거!"

"무슨 그런 말도 안 되는……!"

제갈명은 한술 더 떠서 아주 질색하는 표정으로 몸서리를 치고 있었다.

한상지는 그런 그들의 부정을 그냥 웃어넘겼다.

척이면 척이라는 말도 있고, 개똥같이 말해도 찰떡같이 알아듣는다는 말도 있기는 하지만, 실제로 그런다는 것은 절대 쉽지 않았다.

그들은 애써 부정하지만, 실제로 그들의 유대는 가히 보통이 아닌 것이다.

'과연 문주님의 수하들……!'

한상지는 내심 뿌듯해했다.

설무백을 떠올리며 드는 생각이었다.

설무백은 극구 자기 자신은 태상장로에 머물며 태산검문의 대통을 이을 만한 인재를 찾아주겠노라고 했지만, 그를 비롯한 태산검문의 모든 제자들은 이미 설무백 이외에 다른 문주는 전혀 고려하지 않고 있었던 것이다.

그 때문이었다.

한상지는 문득 마음에 걸려서 물었다.

"거리상으로 문주님이 오늘 내로 도착하실 수는 없을 것 같은데, 그런 계획을 강행해도 괜찮을까요?"

검노가 웃는 낯으로 대답했다.

"우리 젊은 주인은 다른 사람들과 달리 그런 걸 매우 좋아하는 분일세. 우리들이 스스로 생각하고 결정해서 행동하는 것을 말일세."

설무백이 한상지에게는 문주지만, 검노에게는 주인이었다.

그리고 또 다른 누구에게는 주군이었다.

그런 사람들 중 하나인 천월이 불쑥 그들의 대화에 끼어들었다.

"어쩌면 제때 도착하실지 모르오. 주군의 능력은 늘 우리가 상상할 수 있는 경지를 벗어나 있으니까."

"하긴……."

검노가 수긍하는 가운데, 제갈명이 괜히 툴툴 대듯이 중얼거렸다.

"또 누굴 데려올지 기대 반 걱정 반이네."

모두가 제갈명의 말을 알아듣고는 저마다 미소를 지었다.

그동안 설무백이 밖에서 돌아올 때는 어김없이 새로운 인물을 대동하지 않았던가.

"아무튼!"

제갈명이 급변한 안색으로 박수를 치는 것으로 분위기를 쇄신하며 말했다.

"그럼 어서 다들 취의청으로 가시지요. 세밀한 계획을 짜려면 제법 시간이 걸릴 겁니다."

모두가 취의청으로 자리를 옮겼다.

세밀하면서도 직접적인 얘기가 그때서야 비로소 시작되었다.

　　　　　　　　　　　　※

자리를 옮겨서 새로운 얘기를 시작한 것은 풍잔의 진영만이 아니었다.

마교의 진영도 다르지 않았다.

단기 접전을 거부당한 상황으로 말미암아 분노가 극에 달한 아천기가 주도하는 논의였다.

"이대로는 넘어가는 것은 곤란하오. 무언가 수를 내지 않으면 향후 대업에 적잖은 타격을 줄 수도 있소. 때아니게 우리가 이런 촌구석에서 발이 묶인 것부터가 예정에 없던 일이잖소. 애들의 사기가 말이 아닌 것은 차치하고, 그새 오늘 얘기가 다 퍼져서 신도들이 동요하고 있소. 이대로 가다간 교단의 반석도 흔들릴 거요."

분명 심중의 분노가 극에 달한 아천기지만, 어디까지나 태연자약한 태도요, 침착한 말투로 자신의 의견을 피력하고 있었다.

그럴 수밖에 없었다.

지금 이 자리에서 화를 내면 그만 바보가 되는 것이다.

앞서 그가 몸소 단기 접전에 나선 것은 다른 누구의 권고나 부탁이 아니라 울컥한 그 자신이 박박 우겨서 나선 것이기 때문에 더욱 그랬다.

다만 자신의 생각은 엄중하게 밝혀야 했다.

이유 여하를 막론하고 그는 이미 내심 대세와 상관없이 움직이기로 마음을 먹었기 때문이다.

약간의 침묵이 흐른 뒤, 일월교주 구대종이 말문을 열었다.

"그렇다고 우리가 먼저 움직일 수는 없는 일이오. 이공자의 모난 성격을 잘 알고 있지 않소. 그는 자신의 지시를 어긴 사람을 절대 그대로 두는 사람이 아니오. 분명 어떤 식으로든 보복을 가할 거요."

귀선교주 부이문이 은근한 어조로 반론을 폈다.

"예전이었다면 모르되 지금은 그럴 수 없을 거요. 섣부른 판단과 계획으로 몽고를 적으로 돌려놓은 것도 모자라서 애초에 그리 장담했던 칠공자는 물론, 평소 반목하던 자들도 제대로 정리하지 못하질 않았소. 상황이 바뀐 거요. 이제 이공자는 절대로 예전처럼 우리를 막대할 수 없소. 적어도 눈치는 봐야 할 거요."

구대종이 이채로운 눈빛으로 부이문을 바라보았다.

조금 놀란 것 같기도 하고, 조금 당황스러워하는 것 같기도 했다.

평소 다른 누구보다도 이공자의 편에서 얘기하던 사람이 그가 아는 부이문이었기 때문이다.

그런 그의 눈치와 무관하게 아천기가 이때다 싶은 표정으로 한술 더 뜨며 나섰다.

"눈치가 뭐요. 이제는 아주 우리를 떠받들어야 할 거요. 여차하면 고립무원(孤立無援)이 될 것이 뻔한데, 안 그럴 수 없지요. 다른 종사들도 저마다 판세를 읽을 머리가 있고, 나름 이해득실을 따지는 계산이라는 것을 할 테니 말이오."

부이문이 맞장구를 쳤다.

"맞는 말이오. 모르긴 해도, 이공자가 애초의 계획과 달리 바로 이쪽으로 오지 않고 우리의 발길을 묶은 것이 그 때문일 거요. 이제 중원을 가지는 것보다 자신의 자리를 지키는 것이 더 급해진 것 아니겠소. 막말로 지금 이공자의 주변에 혁련 단주와 자기가 남몰래 키운 몇몇 애들을 제외하면 또 누가 있소?"

반론이 없었다.

반론할 수가 없는 것이다.

지금 이공자의 곁에 붙어 있는 자들의 속셈을 모두가 알고 있기 때문이다.

부이문이 이내 굳이 그 내막까지 까발렸다.

"나머지는 다들 자기 실속 챙기느라 이공자 곁에 붙어 있는 것 아니겠소. 이번에 포섭한 사왕전의 적미사왕과 천사교주만 해도 그렇소. 아니, 적미사왕이야 아끼던 장자방을 잃은 슬픔과 분노를 적절히 이용해서 포섭했으니 차치하고, 천사교주를 보시오. 그가 왜 이제 와서 이공자에게 납작 엎드렸겠소?"

역시나 대답은 없었고, 부이문은 마찬가지로 대답을 기다리지 않고 스스로 답했다.

"그게 다 자기 살자고 그러는 거지 거기 어디에 믿음이 있고, 충성심이 있겠소? 하다못해 소뢰음사의 주지인 삼안혈불만 해도 대뢰음사와 포달라궁을 넘겨주는 조건이 있었기에 이공자에게 붙은 것 아니겠소. 아니 그렇소?"

아천기가 피식 웃으며 고개를 끄덕이는 것으로 동조하며 말을 받았다.

"그리고 보면 혁련 단주가 실로 군자요. 단지 대제의 후계자

천외천의
주인

라는 이유만으로 그리 충성을 다하고 있으니 말이오. 물론 그
것도 속을 파 보면 이공자가 후계자 경쟁에서 앞서는 사람이
기에 그러는 것일 테지만, 그나마 그게 어디요."

부이문이 그마저 부정적으로 보며 대꾸했다.

"그렇긴 한데, 어쩌면 혁련 단주도 이번엔 생각이 바뀌었을
수도 있을 것 같소. 이번에 이공자가 벌인 일과 실패는 정말이
지 최악이니 말이외다."

아천기가 부정하지 않았다.

"정말 그럴지도 모르겠구려."

그리고 재우쳐 물었다.

"그러고 보니 그게 궁금하구려. 왜 예전에 이공자의 명령을
받고 천마공자의 흔적을 좇아서 동방으로 떠났던 무흉자(舞凶子)
와 반마살(班魔殺)말이오. 누구 그들에 대한 얘기를 들어 본 분
있소?"

없는 모양이었다.

그의 말을 들은 구대종과 부이문은 그저 무색한 시선을 교
환할 뿐이었다.

아천기가 그런 그들의 태도에 수긍하며 다시 말했다.

"그렇구려. 하긴, 그게 벌써 언제 적 얘기라고…… 이젠 기
억조차 잊은 사람이 허다할 거요. 다만 나는 이공자가 혁련 단
주를 측근에 두기 위해서 사전에 손발을 자른 것이라고 생각
해서 말이오. 실제로 그들이 떠나고 나서 혁련 단주가 이공자

를 추종하기 시작하지 않았소."

부이문이 이제야 기억난다는 듯 고개를 끄덕이며 수긍했다.

"하긴, 무흉자와 반마살, 그리고 그들 예하의 십이마사(十二魔士)가 혁련 단주의 유일한 무력이긴 했지요. 당시에는 삼전오문구종의 주인도 무흉자와 반마살의 합공을 받아 낼 수는 없다는 소문이 마교총단 내에서 공공연히 떠돌 정도로 그들이 위세가 대단하기도 했고 말이오."

말을 끝낸 그는 이내 의미심장하게 피식 웃는 낯으로 아천기를 쳐다보며 재우쳐 물었다.

"그러니까 요는 혁련 단주도 본의 아니게 끌려가는 입장이니 틀림없이 이번 일로 인해 생각이 많이 바뀌었을 거다, 이거지요?"

질문을 위한 질문이 아니라 샛길로 빠진 얘기를 바로잡으려는 노력으로 보였다.

아천기가 웃는 낯으로 한 술 더 떴다.

"막말로 이공자는 이미 혼자다, 아니 벌써 고립무원이다, 이거요."

"음."

구대종이 새삼 침음을 흘렸다.

그는 매우 난감해하는 기색으로 고민하다가 이내 그들의 눈치를 보며 어렵사리 말했다.

"그래도 이공자가 오겠다는 시한이 아직 사흘이 더 남았는데, 그때까지는 기다리는 게 좋지 않겠소? 고작 혁련 단주와 자기가 키운 몇몇 애들이라고는 하나, 이공자가 마교총단을 장악한 것은 바로 그들의 추종으로 가능했던 일이 아니오.”

아천기가 이제야말로 단호하게 고개를 저으며 자신의 주장을 폈다.

“본인은 싫소! 모름지기 사람은 죽이는 것보다 지키는 게 더 어려운 법이오! 이공자가 우리를 지키려면 적어도 우리의 이번 행동도 인정해 줘야 한다고 생각하오!”

“음.”

구대종이 다시금 침음을 흘렸다.

하지만 이번에는 아무런 말도 꺼내지 못했다.

대세가 완전히 기울었음을 느낀 까닭이었다.

대신 그는 물었다.

“하면, 언제가 좋겠소?”

아천기가 기다렸다는 듯이 대답했다.

“쇠뿔도 당김에 빼라지 않소. 놈들도 오늘 벌어진 일로 인해 우리의 사황을 이리저리 재고 있을 테니, 오늘 밤은 그냥 넘기는 척하며 늦은 새벽으로 결정하는 게 어떻겠소?”

부이문이 바로 동의했다.

“좋은 생각이오. 그냥 넘어가나 보다 하고 풀어졌을 때니 일사천리로 해치울 수 있겠소.”

구대종이 못내 새삼스러운 눈빛으로 부이문을 바라보았다.

이 사람이 그간 그렇듯 적극적으로 이공자를 옹호하던 사람이 맞나 싶은 눈빛이었는데, 그와 별개로 반대는커녕 다른 의견조차 내지 못하고 묵묵히 고개를 끄덕였다.

사실을 말하자면 그 역시 이공자에 대한 믿음은 그다지 깊지 않았다.

대세를 따르는 것이 옳았다.

"그럼 그렇게 결정합시다!"

마교총단의 단주 혁련보는 이런저런 생각과 논리로 생사교주 아천기가 주장하고 귀선교주 부의문이 수긍한 것과 달리 전혀 생각이 바뀌지 않았다.

아니, 오히려 생각이 더욱 굳건해졌다.

고집을 꺾고 만찬장을 벗어난 악초군의 행동에서 희망을 보았기 때문이다.

여태 악초군은 그것이 무엇이든 단 한 번도 자신의 고집을 꺾은 적이 없었다.

하다못해 이번 아르게이의 일만 해도 그랬다.

아르게이는 내치기보다 어떻게든 곁에 두어야 이롭다고 그가 그렇게나 쫓아다니며 주장했음에도 불구하고 악초군은 단지 뜻을 꺾지 않고 강행했다.

타타르족인 아르게이와 거란족인 칠공자 야율적봉는 어차피 몽고부족의 일원이라는 접점이 있는 이상 언제든지 의기투합할 수 있다는 것이 악초군의 주장이었지만, 사실 진짜 이유는 따로 있었다.

　우습다 못해 어이없게도 아르게이가 너무 건방지다는 것이 진짜 이유였다.

　몽고의 부족들을 통일한 아르게이가 사전에 악초군에게 아무런 통지도 없었고, 이후에도 별다른 기별을 하지 않았던 것이 악초군의 눈에 거슬린 모양이었다.

　따지고 보면 이건 실로 오만의 극치였다.

　악초군은 아르게이가 몽고를 통일하는 데 아무런 기여도 하지 않았다.

　그저 구경꾼이요, 방관자에 불과했다.

　모르긴 해도 아르게이는 그렇게 생각했을 터였다.

　아니, 어쩌면 아예 악초군에 대한 생각 자체가 없었는지도 모른다.

　아르게이가 생각하는 악초군은 그저 자신의 땅 한쪽에 웅크린 채 저 먼 중원의 하늘을 바라보며 권토중래(捲土重來)를 꿈꾸는 마교의 후계자 중 하나일 뿐, 그 이상도 이하도 아닌 존재였을 테니까.

　그러니 몽고를 통일하기 위해 거병을 일으킨 아르게이가 무슨 이유로 악초군에게 그에 대한 통보를 하고, 또 통일을 이루었다는 기별까지 넣을 생각을 하겠는가.

그러나 악초군의 생각은 달랐다.

악초군은 자신이 나서지 않고 그저 구경만한 것이 바로 아르게이가 몽고를 통일하는 데 가장 중요한 기여를 한 것이라고 생각했다.

즉, 그가 아무것도 하지 않았기 때문에 아르게이에게 막대한 도움을 준 것이라는, 다시 말해서 그가 수수방관했기 때문에 아르게이가 몽고를 통일할 수 있었다는 것이다.

누가 들어도 억지라고 주장할 논리였으나, 악초군은 그게 당연하다고 생각했다.

그의 묵인은 허락이었고, 아르게이는 그의 허락을 받아서 몽고를 통일했다는 논리였다.

그처럼 오만한 그가, 여태 단 한 번도 자신의 뜻을 꺾지 않았던 그가 만찬장에서는 상대하던 적을 눈앞에 두고서도 물러났다.

이는 혁련보에게 희망이었다.

하루가 멀게 괴벽을 일삼는 바람에 알게 모르게 미치광이라는 소리까지 듣는 악초군이 사실은 나름의 생각과 판단을 가지고 움직인다는 증거였기 때문이다.

악초군이 이성을 잃고 자아를 상실한 진짜 미치광이였다면 죽으면 죽었지 절대 그 자리에서 물러나지 않았다는 것이 혁련보의 심도 깊은 판단인 것이다.

천외천의
주인

그 때문이었다.

혁련보는 산서성과 녕하의 성 경계를 따라 감숙성으로 가는 길에서 악초군에게 전에 없이 과감한 조언을 건넬 수 있었다.

"감히 조언하건데, 지금으로서는 다른 무엇보다도 신공을 완성하는 것이 우선이오. 그래야만이 이후 대공을 성취할 칠공자와 복수의 원독에 사로잡힌 아르게이의 대군을 상대할 수 있을 것이오."

악초군이 삐딱하게 혁련보를 바라보았다.

"그건 아무리 봐도 조언이 아니라 충고 같은데?"

혁련보는 물러서지 않았다.

"그렇게 들린다면 그렇게 들어도 좋소. 하지만 지금 본인이 한 말을 무시했다가는 이후에 벌어질 파국을 절대 막을 수 없을 거요."

"파국이라……."

악초군이 히죽 웃었다.

남들이 광기 어린 미소라고 부르는 비로 그 웃음이었다. 그러면서 재우쳐 물었다.

"어떤 파국?"

혁련보는 대놓고 시치미를 떼는 악초군의 태도에 내심 적잖게 심각해졌다.

어떤 대응을 해야 할지 선택해야하는 기로였다.

너무 깊지 않으면서도 작금의 사태를 확고하게 드러낼 수 있는 말을 해야 하기 때문이다.

너무 깊은 말을 꺼내면 악초군의 분노가 터질 테고, 너무 가벼운 말을 했다가는 자신의 처지만 우스꽝스럽게 될 테니까.

악초군을 상대함에 있어서는 매사에 이런 신중함이 필요하다.

'사신 설무백에 대한 언급은 하지 않는 게 좋겠군. 그거야 말로 치명적인 자존심을 건드리는 일일 테니까.'

찰나지간 마음을 다 정한 그는 단호한 태도를 견지하면서도 반감을 느끼지 않을 정도로 침착하고 고분고분한 목소리로 말문을 열었다.

답변이 아니라 오히려 질문이었다.

"이공자가 보기에는 만찬장을 벗어난 이후에 모든 종사들이 따로 움직이는 이유가 뭐라고 생각하시오? 설마 따로 이동하는 것이 번거롭지 않고 편하다는 그들의 말을 곧이곧대로 믿는 거요?"

혁련보의 말마따나 만찬장에서 물러난 이후에 적미사왕 등 대부분의 마왕들이 이동의 편리성 운운하며 따로 이동했고, 지금 악초군의 무리와 동행하는 것은 오직 한 사람, 천사교주뿐이었다.

"그거야……."

악초군은 아무렇지도 않게 대꾸했다.

"생각이 많아졌겠지. 애초의 계획이 실패했으니, 이대로 가도 되는 건가 하고 말이야."

혁련보는 내심 적잖게 당황했다.

모든 상황을 다 짐작하고 있으면서도 이렇듯 태연자약한 악초군의 태도는 그로서도 적잖은 충격이었다.

그는 하고자 하던 얘기를 중단하고 우선 묻지 않을 수 없었다.

"그게 아무렇지도 않다는 거요? 전혀 걱정되지도 않소?"

악초군이 피식 웃으며 되물었다.

"걱정해야 되나?"

혁련보는 새삼 충격을 받았다.

여태 그는 자신이 악초군의 성정을 익히 파악하고 있다고 믿었다.

악초군이 제아무리 종잡을 수 없는 행동을 해도 결국에는 그가 생각하는 방향으로 움직이는 것이라고 믿었고, 실제로 그런 그의 생각이 틀린 적은 거의 없었다.

그런데 지금의 모습은 실로 낯설었다.

악초군이 감당하기 어려운 광기를 부릴 때도 이렇지는 않았다.

익숙한 길목에서 마주친 낯선 벽처럼 지금의 악초군은 그간 그가 알고 있는 악초군이 아닌 것 같았다.

'내 생각이 틀렸나? 정말 미쳐 버려서 아무 생각이 없는 건가?'

혁련보가 그렇게까지 생각하며 당황하는 순간, 악초군이 새삼 피식 웃으며 불쑥 물었다.

"대체 혁련 단주는 그자들 중에 진심으로 나를 따르는 자가 몇이나 된다고 생각하는 거야?"

"……!"

혁련보는 말문이 막혀서 대답하지 못했다.

악초군이 불쌍하다는 표정으로 그런 그를 바라보며 혀를 찼다.

"이봐요, 혁련 단주. 정신 차려요. 삼전오문구종의 대가리들 중에 나를 진심으로 따르는 자는 하나도 없어."

그는 코웃음을 치며 계속 말했다.

"지금 내 지시대로 중원으로 가다가 풍잔인가 뭔가 하는 애들과 대치하고 있는 늙은이들? 그들도 같아. 그냥 이득이 되니까 따르는 척 하는 거야. 뭐 약간은 나에 대한 두려움도 있을 테지만, 기본은 그래. 모르긴 해도 지금쯤 내 소식을 듣고는 설왕설래, 아주 말들이 많을 거야. 이제 더는 내 말을 들을 필요가 없다고 생각하고 다른 생각을 하느라 말이야. 그나마 가능성이 있는 사람은 소뢰음사의 주지인 삼안혈불과 저 늙은이 하나인데……."

말꼬리를 흐리며 슬쩍 돌려진 그의 시선이 한 사람을 주시했다.

저편에서 모닥불을 피워 놓고 둘러앉은 무리에 섞여 있는 천사교주가 바로 그였다.

"삼안혈불이나 저 늙은이도 아직은 충성의 충자도 몰라요. 그저 갈 곳이 없어서 잠시 내게 기대는 것일 뿐이지. 영영 갈 곳을 찾지 못하면 계속해서 내 곁에 있을 테지만, 언제 어느 때라도 갈 곳을 발견하면 바로 떠날 종자들이라는 얘기지."

그는 시선을 바로해서 혁련보를 직시하며 재우쳐 물었다.

"그런데 뭐? 이제 와서 걱정되지 않느냐고? 하하……!"

그는 크게 웃고는 다시금 거짓말처럼 정색하며 말했다.

"아무려나, 그래서 내가 한 가지 궁금한 것이 있는데 말이야. 혁련 단주는 왜 이렇게 내게 집착하는 거야? 혹시 이거 충성심인가 하고 오해할 정도로 말이야? 대체 왜 그래?"

혁련보는 선뜻 대답하지 못했다.

너무나도 사리가 분명해서 오히려 더욱 미치광이처럼 여겨지는 악초군의 태도에 놀라서 입이 떨어지지 않았고, 선뜻 대꾸할 말이 떠오르지 않았다.

이윽고, 그는 힘겹게 말문을 열었다.

"본인이 그에 대해 대답할 수 있는 건 하나뿐이오. 본인은 일인지하 만인지상의 자리를 원하고, 그 한 사람을 지금 내 앞에 있는 이공자라 보고 있기 때문이오."

악초군이 대뜸 얼굴을 가까이 내밀어서 혁련보의 시선을 마주하며 물었다.

"정말?"

혁련보는 돌발적인 악초군의 행동에 흠칫하면서도 대답을 회피하지는 않았다.

"정말이오."

악초군이 자세를 바로하고는 혁련보의 얼굴을 이리저리 살펴보며 뜻 모를 미소를 흘렸다.

"이거 정말로 미치겠네. 아무리 봐도 정말인 것 같단 말이지……."

혁련보는 힘주어 다시 말했다.

"추호도 거짓 없는 정말이오! 지금 당장 목숨을 걸 수도 있소!"

악초군이 순간적으로 칼을 뽑아서 혁련보의 목에 대며 음침한 기소를 흘렸다.

"그럼 죽어! 나 이런 거 한번 해 보고 싶었어! 내게 목숨을 바쳐서 충성하는 수하를 죽여 보는 거! 그래서 진짜 그런 수하가 있다는 걸 아는 거! 그러니 죽자! 내가 그 충성심을 가슴 깊이 간직하고 아파해 줄 테니까! 흐흐흐……!"

혁련보는 크게 당황했다.

장난이 아니었다.

그냥 한번 해 보는 행동도, 그냥 하는 말도 아닌 것 같았다.

광기 어린 악초군의 두 눈빛은 모든 것이 진실이고 사실이라는 것을 말해 주고 있었다.

그는 이내 마음을 다잡고 입술을 깨물며 지그시 눈을 감았다.

"죽이시오!"

악초군이 그의 목에 댄 칼에 힘을 주었다.

섬뜩한 느낌과 함께 피가 비쳤다.

혁련보는 뜨끈한 핏물을 느끼며 두 눈을 더욱 꽉 감았다.

그 순간 그의 목을 찌르던 칼날의 쓰린 아픔이 사라졌다.

악초군이 칼을 거둔 것이다.

혁련보가 눈을 떴을 때, 악초군은 언제 그런 살기를 드러냈냐는 웃고 있었다.

그리고 말했다.

"그 정도 각오면 가짜라도 믿어 주도록 하지."

혁련보는 감격했다.

자신마저 속일 수 있는 악초군의 기만이 더 없이 기뻤다.

그의 선택은 틀리지 않은 것이다.

그런 그의 마음을 아는지 모르는지, 악초군이 다시금 본래의 말투로 돌아가서 말했다.

"그런 의미에서 한 가지만 알려 주겠소."

그는 혁련보의 시선을 마주한 채로 한 사람을 호명했다.

"일악!"

일악이 미풍과 함께 그들의 곁에 모습을 드러냈다.

그런 그를 쳐다보지도 않고, 악초군이 물었다.

"악인대가 몇 명이지?"

일악이 고개를 숙이며 대답했다.

"백팔명입니다."

혁련보는 절로 눈을 끔뻑였다.

그가 아는 악인대의 인원은 스물다섯 명에 불과했기 때문이다.

악초군과 일악이 그런 그의 반응에 아랑곳하지 않고 질문과 대답을 주고받았다.

"나머지 애들은 다 어디에 있지?"

"삼전오문구종에 잠입해 있습니다."

"그들의 능력은?"

"둘이면 저를 제압할 수 있고, 셋이면 능히 삼전오문구종의 머리를 따올 수 있습니다."

"그들이, 아니, 너희들이 그렇게 강한 이유는?"

"지존께서 삼대호교지학을 전수해 주셨기 때문입니다."

그들의 대화를 듣던 혁련보의 두 눈이 더 이상 커질 수 없을 정도로 크게 부릅떠졌다.

마교에는 삼대지존지학이라 불리는 천마의 극마공인 천마심공, 바로 천마호심결로 습득하는 천마불사심공과 천마군림보, 아수라파천무 혹은 마검파천황이라 불리는 절대마검법 이외에도 삼대호교지학과 사대포교지학이 있으며, 그것들을 통틀어 십대마공이라고 일컫는다.

그중 삼대호교지학은 말 그대로 마교주가 정하는 마교의 호법들만이 익힐 수 있는 절대의 마공으로, 천마대제가 죽고, 천마공자가 실종된 이후, 마교의 팔대호법들도 하나둘씩 소리 소문 하나 없이 사라졌기 때문에 작금의 마교에는 익힌 자가 없었다.

아니, 익히고 싶어도 익힐 수가 없는 것이다.

마교에서 삼대호교지학에 대해서 아는 사람은 실제로 그 무공들을 익힌 팔대호법을 제외하면 천마대제와 천마공자, 그리고 지하 뇌옥에 감금되어 있는 전대 단주 독수신옹 악불군이 다였기 때문이다.

사실 따지고 보면 혁련보는 악초군이 굳이 전대 단주 악불군을 처단하지 않고 지하 뇌옥에 감금한 것이 다른 무엇보다도 바로 그 무공들이 사장되는 것을 우려해서라고 혹은 욕심나서라고 생각하고 있었다.

그런데 악초군은 이미 삼대호교지학을 전부 다 수중에 넣고 있었던 것이다.

'그걸 악인대에게 전수했다고?'

파격이었다.

그러나 혁련보가 그 행위보다 더 놀라워하는 것은 바로 그 과정이었다.

"하면……?"

혁련보는 절로 물었다.

"팔대호법을 처리한 사람이……?"

악초군이 히죽 웃으며 대꾸했다.

"다는 아니야. 다섯은 내가 처리했지만, 셋은 다른 사람이 나선 것 같더군. 삼전오문구종의 주인들 중 하나였겠지. 그나마 하나는 죽었는지 살았는지 모르게 사라졌고 말이야."

혁련보는 자신도 모르게 격정에 휩쓸린 가슴을 애써 누르고 진정하며 입을 열었다.

"이렇게 본인을 믿고 모든 것을 밝혀 주니 정말 감사하고 고맙기 이를 때 없소. 해서, 본인도 한마디 더 충언을 아끼지 않겠소."

그는 새삼스럽게 정중히 공수하며 말했다.

"악불군, 악 노야를 설득해 보시오! 악 노야가 이공자의 편에 선다면 실로 백만대군을 등에 업은 것과 같소!"

⁂

악초군과 혁련보가 언급한 마교총단의 전대 단주 독수신옹 악불군의 이름을 거론하는 사람들이 여기도 있었다.

밤이 깊어지자 자연스럽게 한 자리에 모인 일월교주 구대종과 생사교주 아천기, 그리고 귀선교주 부이문이 바로 그들이었다.

"못내 마음에 걸리는 것은……."

한바탕 열띤 토론을 끝낸 다음이었다.

부이문이 목에 두르고 있는 해골 목걸이를 습관처럼 손으로 달그락거리며 새로운 안건을 꺼냈다.

"중원에 입성한 다음이오. 이공자의 성격상 그때는 무슨 일이 있어도 올 것이 뻔한데, 그걸 어찌 대처했으면 좋겠소?"

아천기가 냉랭하게 말을 받았다.

"이공자의 입성을 그냥 순순히 받아들일 수는 없지요. 그랬다가는 그야말로 죽 쒀서 개 주는 꼴이 아니겠소."

부이문이 동의하며 말했다.

"그래서 하는 말 아니오. 어떻게 하는 게 좋겠소?"

아천기가 단호하게 주장했다.

"무조건 막아야지요!"

부이문이 같은 말만 반복하는 아천기를 답답하다는 시선으로 바라보았다.

"그러니까 어떻게 말이오? 무작정 막다가는 그야말로 분열이고, 전면전이오. 또한 그건 다른 자들이 참견할 수 있는 명분이 되는 거요. 다들 숟가락을 얹으려 할 거란 말이오."

"음."

아천기가 다른 생각은 없는지 떨떠름한 표정으로 침음을 흘렸다.

구대종도 같은지 그저 심각한 표정을 짓고 있을 뿐이었다.

부이문이 그런 그들의 눈치를 살피며 넌지시 말했다.

"적당한 방법이 하나 있긴 하오."

아천기와 구대종이 동시에 부이문을 바라보며 물었다.

"뭐요, 그게?"

"무슨 방법이오?"

부이문이 의미심장한 눈빛으로 그들의 시선을 마주하며 말했다.

"독수신옹 악불군을 우리 쪽으로 끌어들이는 거요."

"……!"

구대종과 아천기의 눈빛이 예사롭지 않게 흔들렸다.

갑자기 생각이 많아진 눈치였다.

구대종이 먼저 거북함을 드러냈다.

"하지만 그랬다가는 이공자와 완전히 척을 지게 되는 게 아니오?"

부이문이 고개를 저었다.

"이공자와의 사이는 벌어질지 몰라도 다른 종사들의 동요는 막을 수 있소."

아천기가 가만히 고개를 끄덕이며 동의했다.

"그건 맞는 말이오. 당시 악불군 단주를 내치고 지하 뇌옥에 가두는 문제를 놓고도 다들 의견이 분분했었지요. 과하다는 쪽과 과하지 않다는 쪽, 그래야 한다는 쪽과 그럴 수밖에 없는 쪽으로 나뉘어서 말이오."

부이문이 맞장구를 치며 부연했다.

"내 말이 그 말이오. 지금이라고 다를 게 없을 거요. 그런 마당에 우리가 악불군 단주를 지지하고 나선다면 감히 섣불리 우리가 차린 밥상에 숟가락을 얹으려는 사람은 나서지 않으리라고 보오."

구대종이 고개를 갸웃하며 물었다.

"근데, 악불군 단주가 우리 쪽에 서려고 하겠소?"

부정적인 의견으로 들리지만 사실은 거의 부이문의 의견에 동조하는 쪽으로 기울어진 마음을 드러내는 질문이었다.

부이문이 기다렸다는 듯이 미소를 지으며 부이문과 아천기를 차례대로 바라보며 말했다.

"돌이켜 보면 다행스럽게도 지금 이 자리에 함께 있는 우리는 당시 중립이었소."

구대종과 아천기가 시선을 교환했다.

사실이었다.

당시 그들은 그저 논의를 거쳐 결정된 의견에 따랐을 뿐이라 악불군 단주도 딱히 우리에게는 별다른 원한이 없을 테고, 있어도 다른 사람들과 달리 적을 터였다.

부이문이 그들의 반응에 힘을 얻은 듯 힘주어 말을 더했다.

"게다가 악불군 단주가 지하 뇌옥에 갇힌 지가 벌써 몇 해요. 막말로 말해서 지금 악불군 단주가 제정신을 지키고 있다면 다른 무엇보다도 밖으로 나가는 것이 최우선일 거요. 절대로 우리의 제안을 거부할 이유가 없소."

구대종이 고개를 끄덕이는 것으로 동의를 표하면서도 자못 난감한 표정을 지었다.

"그래도 여전히 남은 문제가 있소. 지금 이 마당에 누가 악불군 단주를 만나러 마교총단으로 갈 것이오?"

아천기도 과연 그렇다는 듯 고개를 끄덕였다.

그 역시 같은 생각인 것이다.

작금의 논의는 중원 입성을 앞두고 그 이후의 문제를 해결하려는 노력이었다.

아무리 이미 한 배를 탔다고는 하나, 중원 입성을 앞둔 이마당에 누가 후방으로 빠져서 그런 뒤치다꺼리나 하려고 들 것인가.

이유야 어쨌든 그건 중원 입성에 대핸 주도권을 내주는 것과 다르지 않는 것이다.

그때 부이문이 웃는 낯으로 해결 방안을 내놓았다.

"뭐, 굳이 우리 중에 누군가가 갈 필요는 없소. 우리가 각기 측근 하나씩을 내세워서 악불군 단주에게 보내면 될 일이오. 악불군 단주라면 우리가 보낸 자들이 정말로 우리의 진심을 대변하는 것인지 아니면 그저 다른 농간을 부리기 위해서 수작을 부리는 것인지 능히 알아볼 수 있는 눈은 가지고 있을 테니까 말이오."

구대종과 아천기의 얼굴에 화색이 돌았다.

"그럽시다, 그럼!"

"지금 당장 마교총단으로 보낼 아이를 데려오겠소!"

"본인도 바로 준비하겠소!"

누가 먼저랄 것도 없이 세 사람은 바로 자리를 털고 일어났다.

그들은 이미 다들 아직 시작도 하지 않은 풍잔과의 싸움을 이미 승리한 것으로 생각하고 있었다.

앞서 벌어진 단기 접전에서 연패를 기록한 사실은 이미 그들의 기억 속에 없었다.

아니, 아주 없진 않았으나, 그다지 중요한 문제로 인식하고 있지는 않았다.

비록 연패를 했어도 그들의 눈은 여전히 풍잔의 무리를 하찮게 보고 있었기 때문이다.

그럴 수밖에 없는 것이, 풍잔의 대표로 나섰던 인물들 중에 그들의 눈에 차는 인물은 없었던 것이다.

그들의 무위는 상대적으로 그만큼 높았던 것인데, 그것이 그들의 결정적인 실수였고, 오판이었다.

그들은 풍잔의 대표로 나선 자들이 자신들보다 하수라는 생각만 했을 뿐, 그보다 더한 고수가 풍잔에 있을 거라고는 전혀 생각하지 않고 있었다.

하물며 풍잔이 그들보다 먼저 나설 수도 있다는 생각은 더더욱 하지 않았다.

아니, 하지 못했다.

그들에겐 그게 당연했다.

그들은 스스로의 권위를 다른 무엇보다도 크게 인정하고 그 이외의 것은 모두 다 아래로 보는 강자였기 때문이다.

그게 누구든 어떤 상황이든지 간에, 그들은 그 모든 기억을 자신들의 입맛대로 외곡하고, 자신들에게 유리하게 해석하는 것이 당연했다.

이제 그들에게 오랜 세월 동안 절치부심하던 권토중래는 더 이상 꿈이 아니라 당연히 맞이해야 할 현실의 권리인 것이다.

그래서였다.

그들은 벌써 무너지고 있었다.

⚜

요사이 감숙성 난주의 밤은 북쪽에서 불어오는 바람으로 인해 매우 스산했다.

겨울을 앞둔 난주는 늘 그랬지만, 이번 겨울은 유독 혹독한 찬바람이 앞서고 있었다.

오늘도 그랬다.

낮에는 그나마 서늘하게 느껴지는 바람이 다였는데, 땅거미가 지고 어둠이 대지를 뒤덮자 살을 에는 듯한 칼바람이 불어왔다.

정찰과 수색을 주임무로 수행하는 마도구종 중 일월교 소속인 천밀단(天密團)의 단주 단월망객(斷月亡客) 도청(盜聽)은 그래서 다른 때보다 더 중요한 시점이라는 것을 알면서도 다른 때보다 더 느슨하게 정찰을 돌고 있었다.

예리한 칼바람이 옷깃을 파고들어서 잔뜩 움츠려든 몸이라 절로 그렇게 되었다.

물론 이미 오래전에 추위와 더위를 못 느끼는 한서불침(寒暑不侵)의 경지에 오른 그였으나, 그것도 내공을 운기했을 때나 그런 것이다.

그저 멀리서 풍잔의 진영을 살피는 단순히 의례적인 순찰을 돌면서 피 같은 내공까지 소모하고 싶은 생각이 그에게는 조금도 없었다.

"이 짓도 오늘이 마지막이다, 젠장!"

그랬다.

이제 이 밤이 지나고 새벽이 오면 전격적인 공격이 시작된다.

그가 쓸데없이 밤마다 나와서 순찰을 도는 이 짓도 이번이 마지막인 것이다.

"그냥 밀어 버리면 되는 것을……!"

그래서 쓸데없다고 생각하는 것이고, 이것이 그만이 아니라 지금 풍잔의 진영과 대치하고 있는 거의 모든 마교의 졸개들이 가지고 있는 불만이었다.

일월교와 생사교, 귀선교의 종주들이 생각하는 것처럼 그들 예하의 졸개들도 풍잔의 무리를 일개 변방의 문파로 보고 하찮게 여기고 있는 것이다.

그리고 그런 그의 눈에 들어온 풍잔의 진영은 오늘도 여전히 하찮게 보였다.

누구는 오늘 낮의 단기 접전의 영향으로 잔뜩 긴장한 채 한층 더 경계를 강화할 것이라고 말했지만, 그의 눈에 들어온 풍잔의 진영은 전혀 그렇지 않았다.

경계를 강화하기는커녕 어제와 달라진 점이 거의 없었고, 오히려 오늘 낮에 있었던 단기 접전에서 승리함으로써 한껏 고무되었는지 뒤편 어디에서는 전에 없이 풍악 소리가 들려오고 있었다.

"곧 죽을 줄도 모르고……!"

도청은 못내 풍잔의 행태를 비웃으며 살소를 흘렸다.

누구의 예견과 달리 기대 이하의 모습을 보여 주는 풍잔의 동향이 매우 만족스러우면서도 다른 한편으로 화가 났다.

자신도 모르게 낮에 벌어졌던 단기 접전의 패배가 떠올랐던 것이다.

그때였다.

"그것 참 예리한 놈일세."

측면 어디선가에서 느닷없이 투박한 목소리 하나가 들려오더니, 이어 무언가 보따리 같은 것이 날아와 그의 발 앞에 떨어졌다.

"누구……?"

천외천의
주인

도청은 무심결에 대꾸하며 본능적으로 뒤로 물러나서 바닥에 떨어진 물건을 확인하고는 절로 눈이 커졌다.

보따리가 아니었다.

바닥에 떨어지기 무섭게 이러지러 구르는 그것은 낯익은 사람들의 머리였다.

바로 그보다 더 가까이 목책으로 다가가서 순찰을 돌던 열두 명의 수하들 중 네 명의 머리였던 것이다.

"익!"

도청은 반사적으로 칼을 뽑았다.

그 순간, 차가운 듯 뜨거운 섬뜩한 느낌이 그의 목을 스치고 지나갔다.

"······!"

도청은 비명을 지르려 입을 벌렸으나, 그 잎에서 나오는 것은 목소리가 아니라 피였다.

하지만 그는 그것이 피라는 것을 느낄 새도 없이 세상과 단절됐다.

실로 찰나의 순간에 다가온 죽음이었다.

"자기 생사를 이렇게 정확히 예견하다니 말이야."

도청이 쓰러진 자리에 한 사람이 귀신처럼 홀연히 나타났다.

방금 칼을 휘둘러서 도청의 목을 베어 버린 사람, 천하제일 살 잔월이었다.

"그보다 이렇게 막 죽여도 되나싶구려."

잔월의 곁에 다른 한 사람이 홀연히 나타났다.

그리고 다시 그의 곁에도 흡사 땅에서 솟아나는 듯이 불쑥불쑥 세 명의 사람이 더 모습을 드러냈다.

바로 태산파의 이십팔 대 호원관이자, 설무백의 명령 아래 호법의 지위를 수행하는 혈인마금 담대성과 태산검문의 수좌인 검치 한상지, 그리고 태산도문의 수좌인 마결이었다.

잔월이 여유를 두었다가 뒤늦게 대답을 내놓았다.

"막 죽여도 되오. 다른 사람을 막 죽이는 자는 그 자신도 그렇게 죽는 것이 도리인 거요."

"자객의 입에서 나올 말은 아니지 싶은데······."

한상지가 나직이 중얼거리다가 잔월이 돌아보자 활짝 웃는 낯으로 농이라는 것을 드러내며 말을 더했다.

"옳은 말 같기는 하구려."

잔월이 웃었다.

웃음으로 보이는 웃음이 아니었다.

잔뜩 말라서 비틀어진 나뭇조각이 웃는다면 아마도 비슷할 거라고 보이는 웃음이었다.

그 상태로, 그가 말했다.

"나는 옳고 그른 것을 모르오. 그저 주어진 임무를 정확히 완수할 뿐이오. 그게 주군을 위한 일일 테니까."

한상지가 그 말은 실로 옳다는 듯 바로 고개를 끄덕이는데, 그 옆에 서 있던 마결이 말했다.

"그보다 본인은 이렇게 접근하는 것이 옳은 것인지는 잘 모르겠구려. 전격적으로 일거에 나서는 공격이 더 낫지 않을까 싶어서 말이오."

잔월이 매사에 그렇듯 무심하게 대꾸했다.

"네게 그런 걸 물어봐도 소용없소. 나는 그런 세부적인 생각을 해 본 적이 없는 사람이라서 말이오. 하나, 떠버리가 그렇다고 하니 그런 걸 거요."

"떠버리……?"

마결이 고개를 갸웃하다가 이내 깨닫고는 피식 웃었다.

"아, 제갈 군사 말이구려. 사실 말이 나와서 말인데……."

잔월이 더 듣지 않고 마결을 외면하고는 저편 마교의 진영을 바라보며 짧게 한마디 말했다.

"믿을만한 사람이요. 다른 건 몰라도 머리는."

투박하지만 우직한 믿음으로 마결의 입에서 나올 수 있는 다른 의문을 막는 것이다.

마결이 입을 다물고 머쓱해하며 한상지와 시선을 맞추었다.

그런 그들의 귀로 내내 침묵하고 있던 혈인마금 담대성의 중얼거림이 들려왔다.

"문주의 대행인이 아닌가. 하물며 저런 목석을 믿게 만든 사람이라면 믿어도 좋을 게야."

한상지와 마결이 웃는 낯으로 고개를 끄덕였다.

"과연……!"

잔월이 슬쩍 고개를 돌려서 그런 그들을 바라보았다.

한상지와 마결이 짐짓 '앗 뜨거워라' 하는 표정으로 재빨리 딴청을 부렸다.

"그나저나 특공조라는 말을 들으니 왠지 모르게 가슴이 후끈 달아오르네. 정말 오랜만이잖아, 이런 식으로 분류되는 거 말이야."

"나도, 나도! 예전에 한참 비무행을 할 때 기분이야. 무언가 도전하는 기분이랄까?"

잔월이 한마디 할 것 같던 표정을 지우며 고개를 돌렸다. 그리고 다시 고개를 돌려서 그들을 바라보며 말했다.

"내가 조장이오."

그랬다.

그들이 속한 특공일조의 조장은 바로 잔월이었다.

한상지와 마결이 이런 주장도 할 줄 아는 사람이었나, 하는 표정으로 눈을 끔뻑이며 잔월을 바라보는 참인데, 담대성이 짐짓 예의를 차리며 대답했다.

"여부가 있겠습니까, 조장님."

잔월이 예의 어색한 미소를 지으며 고개를 돌렸다.

동시에 안색을 굳혔다.

사전에 약속된 신호를 확인한 것이다.

그는 지체 없이 자세를 낮추고 앞으로 나아가며 말했다.

"갑시다!"

담대서오가 한상지, 마결 등, 검산의 요인들이 기민하게 잔월의 뒤를 따라갔다.

　대여섯 명이 빠르게 움직이고 있음에도 일체의 소리가 나지 않는 은밀한 이동이었다.

몽고의 발호 삼십오 일째 날 새벽

특공조는 제갈명의 머리에서 나왔다.

제갈명은 전면전에 앞서 기습을 감행할 작전을 세우고, 하나같이 내로라하는 고수들로만 세 개의 특공조를 구성했다.

요컨대 특공일조의 조장이 잔월이고 그 조원들이 한상지와 마결 등 검산의 핵심 고수들이라면, 특공이조의 조장은 검노이며 조원은 예충과 환사, 천월이었고, 특공삼조의 조장은 태양신마이며 조원들은 반천오객의 세 명이었다.

그리고 그들, 특공조들의 임무는 오직 하나, 지금 풍잔과 대치하고 있는 마교 진영의 수뇌들인 일월교주 구대종과 생사교주 아천기, 귀선교주 부이문의 목을 베는 것이었다.

"적장의 목을 베는 것은 전장에서 엄청난 상징성을 가지고 있습니다. 그들의 머리가 효수된다면 실로 막대한 피해를 줄일 수가 있을 겁니다."

이번 작전을 주장한 제갈명의 강변이었다.

제갈명이 강변하지 않을 수 없는 것이 알게 모르게 불만을 가진 사람이 적지 않았기 때문이다.

특공조의 면면을 살펴보면 누구다 다 짐작할 수 있듯 너나할 것 없이 죄다 개성이 강한 고수들이었다.

그것도 어지간한 개성을 가진 어지간한 고수들이 아니라, 어디다 내놔도 빠지지 않을 개성과 일세를 풍미할 정도의 초특급 고수들이었다.

그런 인물들을 하나로 묶어서 고작 한 사람 암살하라고 지시하는 것은 실로 보통 일이 아니었다.

실제로 다들 거부감을 내비쳤다.

다들 일대일이나 일대다수라면 모를까, 한평생 누군가와 손잡고 다른 사람을 합공해 본 적이 없는 고수들이라 그럴 수밖에 없었다.

하물며 암습인 것이다.

물론 반감을 가지지 않는 사람도 없지 않아 있었다.

대표적으로 잔월이 그랬다.

잔월은 제갈명의 말을 듣기 무섭게 자리를 털고 일어나서 밖으로 나섰다.

제갈명이 놀라서 어디를 가냐고 묻자, 그는 지극히 당연하다는 듯이 대답했다.

"암습이라니 준비를 하려고. 밤에 나설 때는 빛을 반사할 수 있는 모든 것을 검은 색을 칠하거나, 검은 천으로 가려야 보다 더 은밀하게 움직일 수 있거든."

잔월의 말을 들은 제갈명은 그야말로 반색했으나, 여전히 좌중의 분위기가 드러내는 중론은 변하지 않았다.

다들 잔월이니 아무런 생각 없이 그럴 수 있다고 생각하는 것 같았다.

이러니저러니 해도 잔월의 전업은 살수이지 않은가.

노골적인 내색은 삼갔으나, 다들 거부감이 상당한 분위기였다.

그때 밖으로 나가던 잔월의 입에서 흘러나온 한마디가 그런 좌중에게 적잖은 충격을 주었다.

"괜한 실수로 주군을 실망시켜 드릴 수는 없으니 철저히 준비해야지."

"……!"

좌중의 분위기가 완전히 바뀌어졌다.

그렇다.

잔월의 말이 의미한 것처럼 이건 제갈명의 지시가 아니라 설무백의 뜻이었다.

설무백이 작금의 상황에 대한 전권을 제갈명에게 일임하지 않았던가.

그 때문이었다.

다들 더 이상은 한 점 싫은 내색도 하지 않고 자리를 떠났고, 이내 나설 채비를 끝내고 다시 모였으며, 바로 제갈명이 계획한 작전에 나섰던 것이다.

그러나 아무리 그래도 싫은 건 싫은 것이고, 거북한 것은 거북한 것이었다.

잔월의 특공일조가 행동을 개시한 그 시점, 마찬가지로 사전에 약속된 신호에 따라 행동을 개시한 특공이조의 조장 검노는 못내 투덜거리며 움직이고 있었다.

"팔팔한 젊은 것들은 후방으로 밀쳐놓고, 언제 죽어도 이상할 것이 없는 우리네 늙은이들만 이렇게 눈치를 보며 박박 기어서 적진의 중앙으로 침투시키다니, 제갈 그 녀석 너무 심한 거 아냐?"

말은 그렇게 하면서도 마교 진영의 측면을 가로막은 목책을 타고 넘는 그의 움직임은 실로 은밀하면서도 기민해서 일체의 소음도 일어나지 않았다.

예충과 환사, 천월의 움직임도 그랬다.

소리 없는 바람처럼 검노의 뒤를 따르고 있었다.

와중에 예충이 말했다.

"나는 기분만 좋구려. 흥미진진한 이런 기분을 언제 느꼈던지 기억조차 가물가물했는데 말이오."

검노가 잠시 뜸을 들이다가 쓰게 입맛을 다셨다.

"듣고 보니 또 그건 그런 것 같기도 하네."

환사가 불쑥 나서며 그들을 타박했다.

"괜한 신소리 말고 어서 적당한 놈이나 골라 보시오. 우리가 맡은 생사교주 아천기의 거처가 어디인지부터 알아내야 할 게 아니오. 이러다간 우리가 꼴찌 하겠소."

예충이 실소했다.

"지금 우리가 무슨 오이꼭지 따러 가는 줄 아나? 명색이 마교의 실세들인 십팔마왕의 하나를 노리는 거야."

환사가 태연하게 되물었다.

"그래서 뭐요?"

"……."

예충은 선뜻 대답하지 못했다.

말문이 막힌 표정이었다.

생각해 보니 그렇다고 달라질 것은 없었던 것이다.

그때 가장 뒤에서 따르던 천월이 불쑥 말했다.

"저놈들이 괜찮겠군."

검노를 비롯한 모두의 시선이 천월의 시선을 따라갔다.

지근거리에 자리한 통나무 전각의 측면이었다.

번초로 보이는 두 명의 사내가 성성거리고 있었다.

모두가 시선을 교환하며 고개를 끄덕였다.

마졸들이 집단으로 거주하는 것으로 보이는 천막들과도 그리고 목책의 주변을 지키는 졸개들과도 적당히 떨어져 있어서 매우 적당한 표정이었다.

예충이 나섰다.

"내가 하지."

말과 동시에 예충이 신형이 흐릿하게 사라졌고, 거의 동시에 번초로 보이는 두 사내의 사이에서 모습을 드러냈다.

"……!"

두 사내가 기겁하며 입을 벌렸으나, 목소리가 나오지는 않았다.

예충이 이미 그들의 마혈과 아혈을 점했던 것이다.

"이상하게 허접하네?"

예충은 두려운 기색으로 눈동자를 굴리고 있는 두 사내를 바라보며 절래 고개를 갸웃했다.

아무리 번이나 서는 졸개라고는 해도 이건 그의 예상과 달라도 너무 달랐다. 갑작스러운 제압에 두려움을 느끼는 것은 인지상정이라고 쳐도, 애초의 반응도 너무 굼뜬데다가, 느껴지는 마기도 얇디얇은 화선지처럼 가볍기 짝이 없었다.

예충은 동시에 두 사내의 멱살을 잡아당겨서 가까이 시선을 마주하며 말했다.

"지금부터 내가 몇 가지 묻겠다. '예'라는 대답은 눈동자를 위아래로 움직이고, 아니라는 대답은 눈동자를 좌우로 움직이면 된다. 알았지?"

두 사내의 눈동자가 빠르게 위아래를 왕복했다.

예충은 히죽 웃으며 질문을 시작했다.

"오늘 경계가 왜 이렇게 허술해?"

그가 요구한 이치에 맞지 않는 질문이었다.

'예'와 '아니오'로만 대답할 수 있는 질문이 아닌 것이다.

예충은 질문하고 나서야 그것을 깨달으며 아차 하고는 얼른 추가로 물었다.

"무슨 다른 사정이 있는 거냐?"

두 사내의 눈동자가 눈치를 보듯 천천히 위아래로 움직였다.

예충의 눈빛에 살기가 서렸다.

두 사내가 그것을 느낀 듯 정신없이 눈동자를 위아래로 움직였다.

예충은 그제야 살기를 거두며 두 번째 질문을 던졌다.

"혹시 공격을 준비하고 있는 거냐? 그래서 다들 한곳에 집결해 있는 거야?"

두 사내의 눈동자가 위아래로 움직였다.

혹시나 했던 예충의 짐작이 맞았던 것이다.

"언제?"

두 사내의 눈동자가 불안하게 흔들렸다.

알려 준 눈동자의 움직임만으로는 대답할 수 없는 질문인 것이다.

"아차."

예충이 다시금 자신의 실수를 깨닫고 다시 물었다.

"지금?"

두 사내의 눈동자가 좌우로 움직였다.

"내일?"

두 사내의 눈동자가 다시 또 좌우로 움직였다.

"모래?"

두 사내의 눈동자가 거듭해서 좌우로 움직였다.

"그럼 글피? 아니며 그글피?"

두 사내가 곤혹스럽게 일그러진 얼굴, 힘겨운 표정으로 계속해서 눈동자를 좌우로 움직였다.

예충의 표정이 삭막해졌다.

"공격을 준비한다고 했잖아?"

두 사내의 눈동자가 기다렸다는 듯이 위아래로 움직였다.

"이것들이 지금 장난하나!"

예충이 울컥하며 주먹을 쳐들었다.

그때 곁에 다가와 있던 천월이 슬쩍 손을 들어서 그를 말리며 두 사내를 향해 물었다.

"오늘 새벽?"

두 사내가 이젠 살았다는 표정을 지으며 눈동자를 위아래로 마구 움직였다.

예충이 쩝쩝 입맛을 다시며 쳐들었던 주먹을 내렸다.

천월이 피식 웃고는 그런 예충을 외면하며 감탄했다.

"역시 제갈 군사로군. 어쩌면 그럴 수도 있다는 가정 아래 보다 빨리 공격해야 한다고 하더니만, 실로 정확하지 않은가 말이야."

검노가 어색한 미소를 흘리며 천월의 말에 동의했다.

"그놈이 여우이긴 하지."

예충이 그사이에 두 사내를 향해 말했다.

"지금부터 내가 손가락을 움직일 거야. 그러니까 잘 보고 있다가 그 방향에 생사교주 아천기의 거처가 있으면 눈동자를 위아래로, 알겠지?"

두 사내의 눈동자가 위아래로 움직였다.

하도 그러고 있으니 이젠 어지럽기도 하고 눈동자가 뻑뻑하기도 해서 뜻대로 움직여지지 않는 듯 힘겨운 표정이었다.

예충은 그러거나 말거나 손을 수평으로 들고 좌에서 우로 움직이며 그들을 주시했다.

한순간 두 사내의 눈동자가 위아래로 움직였다.

예충은 손을 멈추며 자신의 손끝이 가리키는 방향을 살펴보았다. 한눈에 들어오는 건물이 하나 있었다.

그는 그것을 가리키며 물었다.

"저거냐?"

두 사내의 눈동자가 위아래로 움직였다.

예충은 그제야 비로소 검노와 환사, 천월 등과 시선을 교환했다.

이내 검노와 환사, 천월이 의미심장한 표정으로 고개를 끄덕였다.

예충은 같은 표정으로 마주 고개를 끄덕이고는 두 사내를 향해 정중히 공수했다.

"미안하다. 이런 살생은 나도 실로 원하는 바가 아니지만, 어쩌겠냐? 지금 나와 너희들은 전장에서 마주선 것을. 부디 명복을 빈다."

말을 끝맺기 무섭게 순간적으로 움직인 예충의 손가락 하나가 두 사내의 목젖 아래 사혈을 정확히 눌렀다.

두 사내는 서 있던 자세 그대로 숨이 끊어져서 통나무처럼 뒤로 넘어갔다.

환사가 재빨리 그들의 뒤를 받쳐서 소리가 나지 않게 벽에 기대 놓고는 불만스러운 눈빛으로 예충을 노려보았다.

"미안."

예충이 사과했다.

그리고 딴청을 부리듯 바로 신형을 돌려서 죽은 두 사내가 알려 준 생사교주 아천기의 거처를 가리키며 말했다.

"저기라네?"

＊

하늘의 이치가 다 그렇듯 같이 밥을 먹어도 먼저 밥그릇을 비우는 사람이 있는 법이다.

제갈명이 계획한 이번 작전도 그랬다.

세 개로 나누어진 특공조는 모종의 신호에 따라 동시에 출발했으나, 가장 먼저 목적지에 도착한 것은, 정확히는 표적과 마주한 것은 바로 특공삼조였다.

다른 이유는 없었다.

특공삼조의 조장이 바로 태양신마였기 때문이다.

본의든 본의가 아니든 여유롭게 움직이는 특공일조나 특공이조와 달리 특공삼조는 성마른 성격의 태양신마가 선두에서 내달리며 닦달하는 바람에 빨리 움직일 수밖에 없었다.

게다가 조합도 매우 좋았다.

일견도인이 독문수법인 심조공(心鳥功)을 이용해서 부린 밤새들로 하여금 마교 진영에서 가장 경계가 허술한 지역을 파악했고, 무진행자는 독문수법인 심수공(心獸功)으로 부린 쥐들로 하여금 번초들의 눈에 띄지 않는 사각을 정확히 찾아냈다.

그리고 그들이 가는 길목에서 만난 번초나 우연찮게 스치는 마졸들은 이미 독종독인의 경지에 들어선 묵면화상이 일체의 소리도 없이 잠재워 버렸다.

그래서 그들, 특공삼조는 정면의 특공일조와 우측면의 특공이조가 마교의 영내로 들어서서 표적의 위치를 찾는 그 시점에 벌써 표적을 마주하고 있었다.

그것도 그들에게는 최고의 상황이었고, 귀선교주 부이문에게는 최악의 상황이었다.

귀선교주 부이문은 자신의 거처에서 운기행공에 몰입한 상태였기 때문이다.

태양신마는 추호도 망설이지 않았다.

부이문을 지근거리에서 지키던 암중의 호위들이 일제히 모습을 드러내며 그를 공격했으나, 그는 그마저 무시하고 나섰다.

"놈!"

매서운 일갈과 함께 태양신마의 전신이 대번에 시퍼런 불덩어리로 변했고, 그런 그의 손에서 발사된 두 개의 화염구가 가부좌를 틀고 앉아 있는 부이문을 강타했다.

꽝―!

무지막지한 폭음이 터졌다.

부이문을 비롯한 장내가 거대한 화약고가 폭발하듯 통째로 터져 버린 것이다.

귀선교주 부이문은 새벽으로 정해진 싸움을 위해서 몸을 점검하려고 운기행공에 들어간 것이었다.

따라서 심도 깊은 운기행공이 아니라 가벼운 운기조식이었기에 무아지경에 빠지지 않은 상태로 전신의 감각이 열려진 상태라 주변의 변화를 민감하게 감지할 수 있었다.

그러나 감지는 해도 바로 대처하는 것은 불가능했다.

제아무리 가벼운 운기조식이라도 본신의 진기를 사지백해로 풀어 놓은 상태인지라 회수할 시간이 필요한 것이다.

그 때문이었다.

운기조식에 몰입한지 일 다향 정도 되었을까?

부이문은 더 없이 은밀하게 접근하고 있는 수상한 기운을 감지하며 서둘러 운기조식을 수습하고 있었다.

서두른다고는 하지만 그리 조급해하지는 않았다.

그럴 수밖에 없는 것이, 지금 그의 거처 주변은 그가 믿어 의심치 않는 백팔마불의 상위 서열들이, 정확히는 십위 권의 마불들이 철통같은 경계를 펼치는 중이었기 때문이다.

그들, 십대마불의 경계를 뚫고 그에게 접근할 수 있는 사람은 절대 흔치 않았다.

아니, 전혀 없다고 해도 절대 과언이 아니라고 생각했다.

지금 마교의 진영을 통틀어도 고작해야 일월교주 구대종과 생사교주 아천기를 비롯해서 그들의 측근에 있는 한두 명의 고수가 전부일 텐데, 그들조차도 끝까지 들키지 않고 그에게 다가설 수는 없다는 것이 그들에 대한 그의 굳은 믿음이었다.

즉, 부이문은 풍잔의 존재는 안중에도 없이 지금 이 순간 자신에게 은밀하게 접근하고 있는 자들이 구대종이나 아천기이거나 혹은 그들이 보낸 자객이라고 판단한 것이다.

'감히 이런 식으로 뒤통수를……!'

부이문은 서둘러 운기조식을 거두는 와중에 절로 치가 떨려서 나름 심마에 빠지지 않으려고 애써야 했다.

심마라는 것은 고수와 하수를 따지지 않아서 일단 발을 디디면 걷잡을 수 없이 팽창해서 곧바로 반병신이 되거나 죽음을 맞이할 수밖에 없는 주화입마에 빠지게 되는 것이다.

다행히 그는 심마에 빠지지 않고 순조롭게 운기조식을 중단하고 있었다. 그리고 또한 십대마불도 그의 기대를 저버리지 않았다.

비록 조금 아쉽게도 약간 늦긴 했지만, 그의 거처로 접근한 기척을 감지한 듯 재빨리 보다 견고한 진영을 구축했고, 자객이 내부로 들어서기 무섭게 일제히 공격을 가했던 것이다.

그런데 실로 어처구니없는 사태가 벌어졌다.

어이없다 못해 기가 막히게도, 홀연히 모습을 드러낸 자객이 일제히 나선 십대마불의 공격을 무시하며 그를 노렸다.

엄청난 양강진기를 일으켜서 화인(火人)으로 아니, 한 마리 화귀(火鬼)로 변한 그가 쏘아 낸 강렬한 화염구가 무방비상태인 그의 전신을 덮쳤다.

'태양신마!'

부이문은 뒤늦게 상대의 정체를 파악했으나, 그건 사태를 해결하는데 아무런 도움도 될 수 없었다.

"익!"

부이문은 어쩔 수 없이 미처 사지백해로 퍼져 있던 진기를 회수하지 못한 상태로 다급히 운기조식을 끝내며 호신강기를 일으켰다.

그 순간에 태양신마가 쏘아 낸 화염구가 그를 강타했고, 십대마불의 맹렬한 공격이 태양신마의 전신을 두드리며 천지가 개벽하는 듯한 폭음 아래 장내가 뒤집어졌다.

"크으으……!"

부이문은 전신이 용광로에 빠진 것처럼 불타오르고 내부가
날카로운 면도로 난도질당하는 것 같은 격통 속에 신음하며 뒤
로 밀려 나가는 와중에도 태양신마를 시선에서 놓치려 하지 않
았다.

태양신마의 생사가 자신의 생사와 직결된다는 것을 본능적
으로 깨달았기 때문이다.

그러나 그는 뜻을 이룰 수가 없었다.

폭발로 비산하는 불길과 그 여파를 이기지 못하고 통째로 무
너져 내리는 전각의 잔해들이 그의 시야를 방해했다.

온전한 상태였다면 그 어떤 장애물이 방해해도 별반 문제가
되지 않았을 테지만, 지금의 그는 이미 정상이 아니었다.

운기조식을 강제로 중지하고 호신강기를 펼친 여파로 내부
의 기혈이 온통 뒤엉킨 상태였고, 태양신마의 막강한 화염구가
완전하게 펼쳐지지 못한 그의 호신강기를 뚫고 육신을 강타해
서 가뜩이나 기혈이 뒤엉켜서 불안정한 그의 내부를 뒤집어 놓
았으며, 일부 기혈은 토막이 나거나 녹아내려 버렸다.

극강의 내공으로 인해 정신은 멀쩡한 듯 느껴지나, 그는 이
미 반쯤은 죽은 목숨이라 시야는 물론, 사물을 인지할 수 있는
오감이 평소의 절반도 되지 않는 것이다.

'이대로는 위험하다!'

부이문은 뒤늦게 자신 실로 절체절명의 위기에 빠졌다는 것을 느꼈고, 그것이 인지되자 오래전부터 잊고 있던 감정 하나가 징그러운 벌레처럼 스멀스멀 그의 뇌리에 자리 잡았다.

두려움 혹은 공포라는 감정이 바로 그것이었다.

일명 귀선공이라 불리는 그의 독문무공 귀선귀수귀기마공(鬼仙鬼手鬼氣魔功)은 천마대종사의 십대절기와 버금가는 마공들을 기록한 마경칠서의 절대마공들 중에서도 상위 서열을 다투는 마공으로, 그 자신은 천마대종사의 삼대지존무학 중 하나인 천마불사심공에 전혀 밀리지 않는다고 자부하는 절대마공이었다.

천마불사심공이 이름 그대로 불에 타사 재가 되지 않는 한 사지가 떨어져 나가고, 기혈은 물론, 내장이 전부 다 조각조각 끊어져도 죽지 않는다는 마공인 것처럼, 그가 익힌 귀선공도 실로 살아 있는 귀신처럼 한줄기 생기만 보존하고 있으면 절대 죽지 않는 절대마공이기 때문이다.

그러나 지금은 실로 상황이 좋지 않았다.

운기조식을 강제로 끝낸 여파로 기혈이 뒤엉킨 상태로 강렬한 일격을 당하는 바람에 실로 막대한 타격이 입었다.

하필이면 양강진력이 그의 귀선공과 상극이라는 점이 타격을 더했는데, 이대로 더한 타격을 받는다면 실로 목숨이 위태로울 수도 있었다.

'설마 그 상황에서 동귀어진을 택할 줄이야……!'

부이문은 앞선 태양신마의 공세를 그렇게 이해하며 치를 떨었다. 그리고 더 이상 생각할 것도 없이 뒤로 퉁겨 나가는 자신의 육신에 전력을 쏟아부었다.

그대로 물러나는 후퇴를 선택한 것이다.

그랬다.

이건 후퇴였다.

절대 도망치는 것이 아니었다.

하루나 이틀, 늦어도 사나흘 안에 회복해서 기필코 오늘의 원한을 갚고야 말리라.

물론 태양신마가 앞선 십대마불의 공세에서 살아날 가망은 없으니, 대신 풍잔의 모든 인원을 찢어발겨 죽이고, 거기 있는 기왓장 하나도 남김없이 부셔서 가루로 만들겠다는 분노가 그의 가슴을 뜨겁게 불태우고 있었다.

그때였다.

붉다 못해 새파랗게 타오르는 진짜 불덩어리 하나가 쾌속하게 물러나는 그의 시야로 들어왔다.

새파랗게 타오르는 붉길 속에서 너덜너덜한 육신, 산발한 머리를 휘날리며 히죽 웃고 있는 태양신마였다.

"놓칠까 보냐!"

"저런 멍청한 놈!"

마교 진영의 동편이었다.

느닷없이 저편 서쪽 방면에서 요란한 폭음이 터지며 시뻘건 화망이 밤하늘 높이 치솟는 것을 확인한 특공이조의 조장 검노는 황당한 표정으로 실소하며 욕설을 흘렸다.

방금 일어난 불길이 양강진력의 폭사로 인한 폭발이라는 것과 그 정도 폭발을 일으킬 정도의 양강진력을 일으킬 수 있는 사람은 태양신마밖에 없다는 사실을 익히 잘 알고 있었기 때문이다.

"하여간 성질머리 하고는……!"

최대한 은밀하게라는 것이 이번 작전의 핵심이었다.

물론 그렇다고 해서 완전한 은밀함은 절대 보장할 수 없다는 사실을 모르지는 않았다.

상대 마왕들은 그들이 나서서 전력을 다해도 은밀하게 제거할 수 있을 정도로 호락호락한 인물들이 아닌 것이다.

그렇지만 최대한 노력은 해야 했고, 적어도 저런 식으로 대놓고 공격하는 짓은 삼가야 했다.

저래서야 어디 암습이라고 말할 수 있을 것인가.

"서두르자! 이러다간 실패하겠다!"

검노는 달도 뜨지 않은 짙은 어둠 속에서도 건물과 담, 나무가 드리운 그늘로만 이동하던 기존의 움직임을 무시하며 높이 날아올랐다.

마침 시선에 들어온 생사교주 아천기의 거처, 통나무로 지어진 이 층짜리 전각의 상층부를 향해서였다.

예상보다 빨리 표적을 마주한 태양신마의 성마른 공격으로 인해 자칫하면 그들은 아천기의 얼굴을 보기도 전에 실패해 버릴지도 모른다는 생각이 들어서 은밀함을 버리고 전력을 다하는 것이다.

그때 뒤따르던 세 사람 중 하나인 천월이 불쑥 말했다.

"어째 복양 선배의 성마른 성격 덕분에 우리 임무가 편해지는 것 같소."

검노가 그게 무슨 말도 안 되는 얘기냐는 표정으로 인상을 쓰며 천월을 돌아보려다가 그만두고는 머쓱한 표정이 되었다.

천월의 말이 사실이었다.

조금 전 그는 아천기의 거처인 전각 주변에 얼추 삼십여 명의 매복자들이 있음을 파악했었다.

아마도 아천기를 호위하는 친위대들일 텐데, 이 순간 그들은 모습을 드러낸 검노 등에게 관심을 두지 않고 있었다.

그들, 모두의 이목이 서편에서 일어난 거대한 폭발에 집중되어 있는 것이다.

물론 그리 긴 시간이 아니었다. 아니, 한순간이라고 해도 좋을 정도로 짧은 시간이었다.

그러나 특공이조인 검노와 예충, 환사, 천월은 그 짧은 시간 동안에 백여 장의 이동이 가능한 초특급의 고수들이었다.

실제로 그랬다.

검노 등은 그들의 이목이 서편으로 쏠린 그 찰나의 순간에 아무런 방해나 제재도 없이, 하물며 들키지도 않고 아천기의 거처인 전각으로 스며들 수 있었다.

"어......?"

아천기는 자신의 거처인 전각의 대청에서 일노일소, 노인과 젊은이인 두 명의 사람과 무언가 대화를 나누고 있다가 안으로 들이닥친 검노 등을 발견하고는 두 눈을 멀뚱거렸다.

검노 등은 모르지만, 아천기과 함께 있는 노인과 젊은이는 두 사람도 백순을 내보다는 노마들로, 아천기를 경호하는 그림자들도 일명 무형살마(無形殺魔)와 백골마수(白骨魔手)였다.

마교 진영의 서편에서 들려온 폭음을 들은 아천기가 급히 그들을 불러내서 사태를 알아보라고 지시하던 중이었던 것이다.

물론 검마 등은 그들이 누군지 알 필요도 없었고, 알고 싶지도 않았다.

그럴 상황도 아니었다.

아천기 등을 발견한 순간, 정확히는 세 사람 중 하나가 아천기임을 인지한 순간 그들은 마치 사전에 수십 수백의 연습을 한 것처럼 기계적으로 움직였다.

문답무용(問答無用), 말은 필요치 않았다.

우선 검노가 발을 디딜 것이 아무것도 없는 허공에서 흡사 시위를 떠난 화살처럼 아천기를 향해 쏘아졌고, 그 뒤를 예충이 그림자처럼 따라붙었다.

그들의 손에는 벌써 새파란 검기로 이글거리는 도검이 쥐어져 있었다.

간발의 차이였지만 환사와 천월의 움직임도 그들 못지않게 빨랐다.

그들의 표적은 아천기와 마주하고 있는 무형살마와 백골마수였다.

"……!"

아천기는 말할 것도 없고, 무형살마와 백골마수의 반응도 마교의 정상을 차지하고 있는 마왕과 마두들답게 신속했다.

아천기의 신형이 흔들렸다.

그저 신형이 흔들리는 것처럼 보이지만 이미 검노의 검극을 피해서 자리를 이동한 것이었다.

검노의 검극이 헛되이 허공을 찔렀다.

그 뒤를 따라온 예충의 칼끝이 측면으로 방향을 틀었다.

그 자리에 모습을 드러내던 아천기의 신형이 다시금 흐릿해지며 사라졌다.

그렇게 예충의 칼끝도 허무하게 허공을 갈랐다.

그사이!

채챙! 퍼벅-!

날카로운 쇳소리와 둔탁한 타격음이 터졌다.

환사의 칼날이 무형살마의 칼날과 마주치고, 천월의 주먹이 백골마수의 손과 뒤엉키며 일어난 소음이었다.

"감히……!"

아천기의 신형이 그와 거의 동시에 그들로부터 뒤쪽으로 멀찍이 떨어진 공간에서 모습을 드러내며 이를 갈았다.

검노와 예충을 잡아먹을 듯이 노려보는 그의 얼굴 한쪽, 뺨에는 가늘게 그어진 붉은 선 위로 핏방울이 맺히고 있었고, 목을 감싸고 있는 옷깃도 길게 찢어져서 나풀거리고 있었다.

허무하게 빗나갔다고 생각한 검노와 예충의 공격이 남긴 흔적이었다.

검노가 싸늘하게 두 눈을 빛내고, 예충이 냉담한 표정으로 칼을 쳐드는 그 순간, 다시금 요란한 폭음이 들려왔다.

꽝-!

이번에는 앞선 서편보다 한결 가까운 거리인 마교 진영의 중앙에서 들려왔다.

앞서 터진 폭음과 달리 여음도 짧았다.

서편에서 터진 건 화약고가 터지는 것처럼 거대하다면 이번에 들려온 폭음은 마치 벼락처럼 짧고 단단한 느낌을 주고 있었다.

이른바 고도의 내공을 갖춘 고수들의 기공과 기공이 격돌인 것이다.

아천기의 눈빛이 흔들렸다.

검노와 예충은 히죽 웃었다.

지금 들려온 폭음은 잔월의 특공일조 역시 표적을, 바로 일월교주 구대종을 찾아내서 격돌하고 있음을 그들에게 알려 주고 있었다.

이제야말로 진짜 싸움이 시작된 것이다.

마교 진영의 서편에서 요란한 폭음이 터지고 밤하늘 높이 화망이 치솟았을 때, 특공일조인 잔월 등은 막 표적인 일월교주 구대종의 거처를 눈앞에 두고 있었다.

담대성과 한상지, 마결 등은 그에 움찔했으나, 잔월은 추호도 동요하지 않았다.

담대성 등이 본능적으로 서편 하늘을 살피는 사이에도 그는 오히려 속도를 내서 구대종의 거처로 스며들었다.

잔월은 그들과 달리 이런 일의 전문가였기 때문에 그랬다.

임무를 완수하지 못한 상황에서 일어나는 주변의 모든 변화는 그에게 아무런 느낌을 줄 수 없었다.

모든 일에는 당연히 변수가 따랐다.

변수 때문에 일을 완수하는 데 지장을 초래할 정도로 휘둘린다면 그건 이미 전문가가 아닌 것이다.

다만 굳이 변수에 휘둘리는 담대성 등에게 주의를 주지 않은 것은 그저 그의 성격이었다.

행동으로 보여 주는 것이다.

열 마디 말보다 한 번의 행동이 백배 더 효과적이라는 사실을 그는 그간의 자객행을 통해 머리가 아닌 몸으로 채득하고 있었다.

물론 보고도 깨닫지 못하는 사람이 있기는 하지만, 적어도 담대성과 한상지, 마결 등, 태산파의 제자들은 하나하나가 이미 상승의 경지를 이루었을 정도로 발군의 머리를 가진 사람들임을 알기에 바로 행동에 나선 것이다.

그리고 그런 잔월의 생각은 한 치도 어긋나지 않았다.

서편에서 터진 폭음과 밤하늘 높이 치솟는 화망에 시선을 빼앗겼던 담대성 등이 곧바로 그의 뒤를 따라붙었다.

특공이조인 검노 등과 마찬가지로 그들 역시 서편에서 터진 폭음으로 인해 절묘한 혜택을 받고 있었다.

고도의 은신법으로 은신해서 건물의 외곽을 지키던 경계들의 이목은 폭음이 터진 방향으로 쏠려 있었고, 그 덕분에 그들은 대놓고 모습을 드러냈음에도 들키지 않았던 것이다.

마교 진영이 거의 그렇지만 구대종의 거처도 주변의 통나무를 베어서 만든 투박한 건물이었다.

다만 주변에 널린 다른 건물들에 비해 비정상적일 정도로 거대했는데, 내부로 잠입한 잔월은 그 이유를 바로 깨달을 수 있었다.

구대종의 거처는 밖에서 볼 때는 단층의 건물로 보였으나, 내부는 삼 층으로 나누어진 건물이었다.

'삼 층!'

잔월은 더 없이 탁월한 자객의 능력으로 구대종의 위치를 파악했다.

직감이 아니라 경험과 실력이었다.

일 층에는 아무도 없고, 이 층에는 몇몇 예사롭지 않은 기운이 느껴지긴 했으나, 감당할 수 없을 정도로 강렬한 기운이 아니었다.

그는 기본적으로 자신이 감당하기 어려운 기운의 소유자가 표적인 구대성이라는 생각을 가지고 있었다.

물론 감당할 수 없다는 뜻이 죽일 수 없는 뜻과 같지는 않았다.

설무백을 만나기 이전에 그가 살아온 세월이 늘 그랬다.

감당할 수 없는 자들만을 죽이며 살아왔다.

작금의 강호 무림에서 손꼽히는 십대살수 중에서도 따로 사대살수의 하나로 꼽히는 초특급의 살수이며, 더 나아가서 사대살수 중에서도 과거 천하제일살수로 명성을 날렸던 일점홍의 뒤를 이을 살수를 따질 때면 어김없이 흑수혈의 초특급살수 흑지주와 더불어 손꼽히는 인물이 바로 그인 것이다.

취릭—!

과연 잔월의 예측대로였다.

기민하게 몸을 날려서 이 층으로 오른 그를 향해서 날카로운 칼날이 휘둘러졌다.

잔월은 순간적으로 상체를 숙여서 칼날을 피했다.

그사이에 날아온 또 하나의 칼날은 그 자세 그대로 상체를 옆으로 틀어서 피해 냈다.

그리고 그 어떤 반격도 없이 삼 층으로 오르는 계단을 미끄러지듯 타고 올라갔다.

그들을 상대하는 것은 최악의 시간 낭비라는 생각이었다.

그들이 나섰다는 사실을 구대종이 알기 전에 구대종과 마주해야 했다.

그래야 암습의 효과가 극대화되는 것이다.

그런 잔월과 같은 생각을 했던 것일까? 아니, 어쩌면 그저 잔월의 행동을 따라하는 것인지도 몰랐다.

잔월의 뒤를 따르던 담대성이 그와 마찬가지로 암습자들의 공격을 피하고 무시하며 바짝 그의 뒤를 따르고 있었다.

그다음 순간, 억눌린 신음이 터졌다.

"윽!"

"커억!"

잔월과 담대성을 공격한 자들의 동시에 피를 뿌리며 쓰러졌다.

간발의 차이로 그들의 뒤를 따라서 이 층으로 오른 한상지와 마결의 솜씨였다.

잔월은 그 순간에 삼 층으로 올라서고 있었다. 그리고 일월교주 구대종을 발견했다.

삼 층은 통으로 하나인 구조였다.

대청으로도 혹은 방으로도 볼 수 있게 꾸며진 그 공간의 중앙에 세 명의 노인이 작은 다탁을 마주하고 앉아 있었다.

두 노인은 아래층에서 일어난 소리를 듣고 놀란 듯 반쯤 일어나는 자세였고, 그들의 맞은편에 앉은 노인은 오만상을 찡그리고 있는 모습이었다.

잔월은 그중에 두 노인의 맞은편에 앉아 있는 자가, 바로 눈처럼 하얀 백발을 머리 위로 틀어 올려서 벽옥 동곳으로 고정한 노인이 일월교주 구대종임을 알아보고는 그대로 시위를 떠난 화살처럼 쏘아져 나갔다.

순간, 그의 신형이 검극에 가려졌다.

일체의 변화를 무시한 채 오직 상대의 목숨을 취하는 것에만 특화되어 있는 잔월의 살검, 일심살(一心殺)이었다.

"감히……!"

구대종이 와중에도 분노부터 드러내며 쌍수를 뻗어 냈다.

느린 듯 보이지만 결코 느리지 않은 반응이었다.

순간적으로 그의 전신이 검은 기류로 대변되는 마기에 휩싸이는 가운데, 어느새 그의 쌍수에서 일어난 붉은 기류가 쇄도하는 잔월의 검극을 마주하고 있었던 것이다.

캉―!

거친 쇳소리가 장내를 압도했다.

때를 같이 해서 전광석화처럼 빠르고 노도처럼 맹렬하던 잔월의 쇄도가 멈추어졌다.

구대종의 강력한 장력이 그의 검극을 막아 낸 것이다.

구대종과 함께 있던 두 노인이 그사이에 좌우로 흩어졌다.

흩어지는 것처럼 보이나, 사실은 반원을 그리며 돌아서 잔월을 공격하고 있었다.

그 순간!

따당—!

벽력같은 굉음이 터지며 우레와 같은 수십 줄기의 기세가 구대종을 향해서 쏟아졌다.

담대성이 독문병기인 철금으로 쏘아 낸 음공지기였다.

구대종이 감히 경시하지 못하고 멀찍이 뒤로 물러났다.

그저 한 발짝 뒤로 물러난 것 같은데, 그가 서 있던 자리로부터 뒤로 서너 장의 공간이 비워지고 있었다.

그 공간에 담대성이 철금으로 쏘아 낸 음공지기가 간발의 차이로 도착해서 우박처럼 쏟아졌다.

두두두두—!

전장에 나선 주제에 무슨 사치를 그리 부렸는지, 분명 통나무로 지어진 건물이건만 그들이 자리한 대청의 바닥은 대리석이 깔려 있었다.

그 대리석이 숭숭 구멍이 뚫리며 깨져 나갔다.

외중에 잔월을 공격하던 두 노인도 재빨리 뒤로 물러나고 있었다.

그들 역시 우박처럼 쏟아지는 음공지기의 범위 안에 있었던 것이다.

"혈인마금……?"

구대종이 살기 어린 눈빛으로 담대성을 노려보았다.

담대성의 정체를 알아본 것이다.

잔월이 그 틈을 놓치지 않고 다시금 구대종을 향해 쇄도해 들어갔다.

그가 펼친 일심살의 일초는 잠시 막혔을 뿐, 완전히 멈추어진 것이 아니었다.

그 덕분이었다.

검극의 진로를 막았던 구대종이 자리를 피하느라 진기를 거두는 바람에 그의 일심살은 배로 빠른 속도를 냈다.

앞으로 나아가려는 사람의 뒤를 잡고 있다가 갑자기 놓은 것과 같이 혹은 길게 늘어나서 팽팽해진 고무줄이 끊어진 것과 같이 가속이 붙은 것이다.

"……!"

구대종이 이번에는 감히 마주치지 못하고 자리를 피했다.

한순간 흐릿해진 그의 신형이 측면으로 미끄러지고 있었다.

그러나 이번의 그는 완전히 피하지 못했다.

흐릿하게 사라지는 그의 신형을 일심살의 기운이 휩쓸고 지나가자 허공중에 피가 흩뿌려졌다.

이내 측면에서 모습을 드러낸 구대종의 목과 턱 사이에는 깊진 않지만 길고 선명하게 베어진 상처가 피를 내고 있었다.

"죽여 주마!"

구대종이 빠득 이를 갈았다.

그러면서 신경질을 부르듯 옆으로 내민 그의 손으로 한쪽 벽에 걸려 있던 칼 하나가 날아와서 쥐어졌다.

고도의 허공섭물인 것인데, 이내 그가 뽑아 든 그 칼의 서슬에는 이빨을 드러낸 흉흉한 야차가 두 손에 해와 달을 쥐고 있는 모습이 아로새겨져 있었다.

그의 독문병기인 일월야차도(日月夜叉刀)였다.

잔월의 시선은 그런 구대종을 주시하며 일거수일투족을 살피고 있었으나, 그 어떤 동요도 보이지 않았다.

그저 첫 번째 공격이 실패했으니, 두 번째 공격을 가하고, 두 번째 공격의 성과가 미비하니, 세 번째 공격을 준비할 뿐이었다.

그래서 구대종이 이를 갈며 칼을 뽑아 들 때, 그는 측면으로 미끄러지고 있었다.

구대종의 사각을 점하고 재차 일심살을 펼치려는 것이다.

그러나 그보다 한발 앞서 나서는 사람이 있었다. 아니, 사람들이었다.

한상지와 마결이었다.

쐐애액-! 따악-!

한상지가 허공중에 일으키는 검풍 속에 마결이 휘두른 뇌정도의 울음이 섞였다.

오직 한 사람, 구대종을 표적에 둔 검풍과 울음이었다. 그리고 그 속에서 다시 그들, 두 사람의 대화가 흘렀다.

"먼저 잡는 사람이 꽁술인 거 알지?"

"알다마다!"

담대성의 음공도 그랬지만, 한상지의 평생이 담긴 검법인 구구탈백검도 그리고 마결의 평생절초인 뇌정일도(雷霆—刀)도 설무백을 처음 만났을 때와 비교하면 실로 천양지차로 비약했다.

그건 기본적으로 그들의 노력이 있었기에 가능한 일이긴 했으나, 그에 앞서 핵심을 찌르고 맹점을 찾아내는 설무백의 조언이 빛이 발한 결과였다.

그간 설무백은 시시때때로 검산에 있는 그들에게 서신을 보내서 그들의 정진에 도움을 주고 있었던 것이다.

그래서였다.

지금 펼쳐지는 그들, 두 사람의 공세는 천하의 일월교주 구대종조차 무시할 수 없는 힘이 담겨져 있었다.

"이놈들……!"

구대종은 분노했다.

그가 언제 한 번이라도 이런 식의 무시를 당해 본 적이 있었겠는가.

없었다.

그는 실로 분노하다 못해 울화통이 터져서 죽을 것 같은 표정으로 이를 갈며 그들의 공격을 마주해서 수중의 일월야차도를 휘둘렀다.

강맹한 기운이 노도처럼 일어나서 쇄도하는 한상지와 마결의 공세를 마주해 나아갔다.

사실을 말하지만 구대종은 단순히 지닌바 무력만 따진다면 마도구종의 주인들 중에서 가장 약한 존재였다.

그의 독문무공인 일월천수마강도법(日月天守魔罡刀法)은 거창한 이름과 달리 고작 마경칠서의 말석을 차지한 마공에 불과한 것이다.

그러나 아무리 그래도 그는 엄연히 마도구종의 하나인 일월교의 종사였고, 이미 다른 종사들과 마찬가지로 극마지경을 넘어서 제마지경에 들어서서 초마지경을 내다보는 마인이었다.

하물며 그 자신 스스로는 마도구종에 속한 그 어느 종파의 종사들과 싸워도 능히 지지 않을 자신감을 가지고 있었다.

제아무리 절대의 경지에 이른 고수일지라도 싸움의 승패를 가르는 것은 어떤 무공을 익혔느냐가 아니라 그 무공을 얼마나 제대로 소화해서 자신의 것으로 만들었는지가 관건이라는 것이 그의 소신이기 때문이다.

그러나 그의 소신은 전혀 틀린 생각이 아니었으나, 전적으로 옳다고도 볼 수 없었다.

그가 그렇듯 상대 역시도 지닌 바 무공을 완벽히 소화해서 자신의 것으로 만들었을 경우를 간과하고 있기 때문이다.

지금이 바로 그런 경우였다.

그는 지금 이 순간 그런 상대를 하나가 아닌 넷을 상대하고 있는 것이다.

그는 그것을 너무 늦게 깨달았다.

까강—!

거친 금속성이 터지며 깨지고 부셔진 강기의 파편이 사방으로 비산했다.

늦게 반응했으나, 오히려 빨리 나아간 구대종의 일월야차도가 수십 초의 변화를 일으키며 쇄도한 한상지의 구구탈백검의 절초와 정말로 벽력이 떨어지듯 강렬하게 내리꽂힌 마결의 뇌정일도의 기세를 막아 내고 오히려 압도하며 일어난 현상이었다.

억눌린 신음이 장내를 가로지른 것이 바로 그때였다.

"커억!"

"크으윽!"

구대종과 함께 있던 두 노인이, 바로 일월교의 좌우호법인 일신노괴(日神老怪)와 월하마노(月下魔老)가 가슴을 부여잡으며 날아가서 벽에 처박혔다.

담대성이 철금으로 펼친 음공은 애초에 구대성이 아니라 그들을 노렸던 것이다.

"으액!"

심맥을 크게 다친 모양이었다.

벽에 처박히자마자 반사적으로 일어난 그들은 누가 먼저랄 것도 없이 동시에 허리를 접으며 한사발의 피를 토하고 있었다.

구대종이 격돌의 여파로 밀려나는 한상지와 마결을 향해 쇄도해 가다가 그 모습을 보며 새삼 이를 갈았다.

그런 그의 측면에서 섬뜩할 정도로 날카로운 기세가 다가왔다.

구대종은 그게 앞서 나선 잔월의 공격임을 간파하고는 냉소를 날리며 수중의 일월야차도를 휘둘렀다.

앞으로 나아가는 와중에 측면을 향해 칼을 휘두르는 것은 자세는 둘째 치고, 속도와 정확도면에서 매우 허술할 수밖에 없었으나, 그는 칼질은 전혀 그렇지가 않았다.

마치 이미 예상이라도 하고 있었던 것처럼 정확한 각도로 휘둘러져서 쇄도하는 잔월의 전면을 휩쓸고 있었다.

잔월은 물러나야 했다.

그의 칼은 직선으로 뻗어진 상태고, 구대종의 칼은 수평으로 휘둘러지는 상태라 막기에는 이미 늦은 상태였다. 그리고 제아무리 전력을 다해서 쇄도하는 중이라도 그는 그 상태에서 얼마든지 물러날 수 있는 고수인 것이다.

그러나 잔월은 물러나기는커녕 멈추지도 않았다.

하물며 방어하려는 자세도 취하지 않았다.

잔월은 쇄도하는 그대로 다른 한 손을 내밀어서 구대종이 휘두른 일월야차도를 막았다.

천외천의
주인

당연하게도 막을 수 없었다.

서걱—!

구대종의 일월야차도는 가차 없이 잔월이 내민 손을, 정확히는 팔뚝을 잘라 버렸다.

그리고 그 과정에서 찰나의 시간을 벌었다.

그의 팔뚝을 베어 내는 과정에서 눈으로 볼 수 없을 정도로 빠르게 휘둘러지던 일월야차도의 속도가 미세하게 줄어든 것이다.

잔월이 원하는 것이 바로 그것, 찰나의 시간이었다.

그 순간, 멈추지 않고 그대로 뻗어진 그의 칼날이 구대종의 가슴을 파고들었다.

푸욱—!

극렬한 격통이 전해졌을 터였다.

구대종의 호신강기를 뚫고 들어온 잔월의 칼끝은 여지없이 가슴을 관통해서 뒤로 삐져나와 있었으니까.

그러나 구대종은 고통보다는 그저 얼떨떨했다.

지금 자신이 다른 사람의 칼에 찔렸다는 현실을 인정할 수가 없었기 때문이다.

그 순간에!

따당—!

고도의 음한지기를 실은 담대성의 극음이 그의 내부를 때리고.

촤아아악—!

그 틈을 놓치지 않고 나선 한상지의 구구탈백검이 그의 전신을 난도질했으며.

처격—!

앞선 격돌로 내상을 입고 입가에 피를 머금은 채로 기를 쓰고 달려든 마결의 뇌정도가 그의 목을 베었다.

흔들리던, 아니, 움직이려고 애쓰던 구대종의 신형이 더 이상 움직이지 않았다.

죽어 가는 그의 눈빛은 그 자신의 목에서 뿜어지는 피무지개를 보며 사그라졌다.

마교를 움직이는 십팔마왕 중 신천일월교의 주인인 구대종의 죽음이었다. 다만 지금 이 순간 장내의 그 누구도 그의 죽음에 관심을 두지 않았다.

모두의 시선은 한쪽 팔이 날아간 채로 피를 뚝뚝 흘리고 있는 잔월에게 고정되어 있었다.

잔월이 그런 주변의 시선에 아랑곳하지 않고 잘려져 나간 팔을 지혈하며 중얼거렸다.

"훈장이 하나 늘었군."

풍잔의 본격적인 공격이 시작된 것은 마교 진영의 중심에서 터진 두 번째 폭음이 터진 다음이었다.

기실 애초의 작전은, 보다 정확히 말하면 제갈명이 특종조들에게 밝힌 작전은 모든 특공조가 임무를 완수하고 신호를 보내면 공격을 개시하는 것이었다.

다만 어디에나 변수가 존재하기 마련이니, 특공조들 중 어느 한 조라도 적에게 발각되면 그 즉시 공격에 나서겠다는 것이 제갈명이 밝힌 예외 조항이었다.

그러나 제갈명은 정작 태양신마의 공격에 의한 첫 번째 폭음이 터졌을 때, 대기를 명령했고, 두 번째 폭음이 터지고 나서야 공격을 지시했다.

대체 그 차이가 무엇에 비롯되었는지는 누구도 쉽게 짐작할 수 없었지만, 제갈명은 그게 조금이라도 더 유리하다고 강변했다.

첫 번째 폭음으로 말미암아 마교 진영의 이목이 흐트러지긴 했어도 곧바로 행동에 나서는 자들은 없을 거다.

적어도 경계들은 동요할 뿐 움직이지 않고 자리를 지킬 가능성이 농후하니 실질적인 이득이 없다.

어쩌면 오히려 경계를 강화해서 손해를 볼 여지가 다분하다.

하지만 두 번째 폭음은 다르다.

가뜩이나 첫 번째 폭음으로 인해 불안한 심정이 되어 버린 자들에게 싫어도 어쩔 수 없이 행동을 강제하게 된다.

작금의 마교 진영은 셋이 모여서 하나가 된 것이지 처음부터 완전한 하나가 아니기 때문이다.

외각은 물론 영내의 경계들도 저마다 어쩔 수 없이 본능적으로 자신이 소속된 조직으로 시선을 돌릴 수밖에 없을 것이고, 우리는 그 틈을 노리는 것이다.

이것이 제갈명의 주장이었다.

그리고 그런 제갈명의 주장은 옳았다.

다들 지극히 추상적이라는 생각을 하면서도 순전히 그간 인정하고 있던 제갈명의 머리를 믿는 마음으로 순순히 따랐는데, 정말로 상황이 그랬다.

일단 마교 진영의 외각 경계가 실로 허술했다.

마치 구멍이 숭숭 난 망태기처럼 평소와 달리 번초의 간격이 벌어져 있었고, 아예 번초가 없는 지역도 있었다.

제갈명의 예상처럼 첫 번째 폭음에는 애써 마음을 다잡으며 버티던 번초들이 두 번째 폭음을 듣고는 못내 불안감을 떨쳐 내지 못하고 저마다 자신들의 조직으로 달려갔던 것이다.

그래서였다.

가뜩이나 새벽으로 정해진 공격을 위해서 진영을 짜느라 기본의 경계보다 대폭 축소한 경계였는데, 거기서 적잖은 인원이 자리를 비우자 마교 진영의 외각 경계는 말 그대로 있으나마나한 존재로 전락해 버렸다.

그나마 자리를 지키고 있는 자들조차 밖이 아닌 안쪽의 상황에 정신이 팔려 있어서 더욱 그랬다.

그렇다고 내부의 경계는 그대로 유지되었는가 하면 그것도 아니었다.

오히려 내부의 경계는 외각의 경계보다 더 빨리 무너졌다.

외각의 경계보다 더 가까운 거리에서 연달아 일어난 폭발을, 누가 봐도 침입자의 내습이 분명해 보이는 상황을 보고, 듣고, 느낀 내부의 경계자들은 외곽의 경계자들보다 더 빨리 자리를 이탈했기 때문이다.

풍잔의 고수들이 공격을 개시한 것이 바로 그때였고, 그 바람에 그들은 그야말로 무풍지대(無風地帶)를 내달리는 것과 같았다.

작심하고 나선 그들에게 이미 진형이 무너진, 아니, 진형이랄 것도 없는 경계를 뚫는 것은 실로 일도 아니었던 것이다.

마교의 영내에서 터진 두 번째 폭음 직후, 마교의 무리가 주둔한 영내가 삽시간에 피 튀기는 전장으로 바뀐 것은 바로 그 때문이었다.

사전에 정해진 계획에 따라 마교의 진영을 기점으로 사방에 포진하고 있던 풍잔의 고수들이 일제히 달려들어서 실로 거칠 것 없이 영내로 들이닥친 결과였다.

보통의 경우라면 비록 야트막하긴 해도 마교의 진영은 언덕에 위치한 까닭에 기습이든 뭐든 포위해서 공격하기가 여간 까다롭지 않았다.

공격하는 무리가 방어하는 무리의 세 배가 넘지 않으면 감히 공격할 엄두조차 내지 못한다는 것은 굳이 병법가가 아니라도 다 알고 있는 공성전(攻城戰)의 기본이 아니던가.

풍잔의 고수들은 사전에 침투시킨 특공조의 활약 덕분에 말 그대로 무혈입성(無血入城)한 셈인데, 마교의 무리가 새벽의 공격을 위해서 경계를 줄이고 대다수의 인원을 한 곳에 집결시켰다는 배경 또한 그들에게 호재로 작용했다.

그리고 거기서 마교 진영의 두 번째 실수가 나왔다.

새벽의 공격을 위해서 마교 진영의 후방에 집결해 있던 마교의 병력이 뿔뿔이 흩어진 것이다.

정확히 말하면 그들로서는 어쩔 수 없는 선택이었다.

어차피 적의 침투를 허용한 이상, 한곳에 집결해 있던 그들은 그대로 진영을 갖추고 함께 싸움에 나서야 했지만 그들은 그럴 수가 없었다.

그들의 실질적인 수뇌는 하나가 아니라 셋이었고, 그 셋이 모두 그 자리에 없었기 때문이다.

물론 그중에도 병서에 능한 자가 있어서 다들 진영을 갖추어서 함께 싸워야 한다고 주장했으나, 그 말에 귀를 기울이는 사람은 거의 없었다.

그럴 수밖에 없는 것이, 다들 자신들의 주군이 거하는 방향에서 치솟는 불길을 보고 있고, 사방에서 들려오는 전투의 소음을 듣고 있기 때문이다.

다들 이대로 자리를 지키는 것은 주군에 대한 배신이요, 교단에 대한 배반인 것이다.

게다가 그들의 행동 기저에는 자만이 자리 잡고 있었다.

비록 기습을 당하긴 했으나, 자신들이 질 거라고는 전혀 생각하지 않는 자만이었다.

이건 기습을 당했으니 일시적으로 몰리는 것에 불과했다.

이제 전열을 가다듬으면, 아니, 전열을 가다듬을 필요도 없었다.

자신들이 나서기만 하면 사태는 이내 진정될 테고, 겁 없이 나선 적을 도살할 수 있다는 것이 그들의 생각이었다.

그들의 생각 속에 있는 풍잔은 고작 그것밖에 안 되는 강호의 흑도무리인 것이다.

그러나 그런 그들의 생각이 바뀌는 데 걸린 시간은 그리 길지 않았다.

후방에 집결해 있다가 다급히 흩어진 그들, 삼대종파의 무리들 대부분은 미처 자신들의 진영으로 돌아가지도 못했다.

어느새 영내 깊숙이 침투한 풍잔의 고수들이 그들의 앞을 막아섰기 때문이다.

그들은 그제야 깨달을 수 있었다.

그들이 직접 마주친 풍잔의 무리는 하나하나가 실로 무술이 아니라 무공을 배운 고수들이었다.

풍잔은 그들이 생각하는 것처럼 그저 그런 강호 무림의 흑도가 아니었던 것이다.

지각 있는 몇몇 마두들은 늦었지만 이제라도 물러나서 집결해 있던 다른 종파의 고수들과 합류하자는 목소리를 냈으나, 그건 이미 무의미한 주장이었다.

아니, 오히려 사태를 악화시키는 실수였다.

그로인해 뒤로 빠지려는 자들과 앞으로 나서려는 자들이 뒤엉켜서 혼란만 가중되었다.

수십 명 혹은 수백 명의 인원이라면 간단명료한 지휘체계로 얼마든지 중도에 계획을 바꾸거나 해서 진영을 추스를 수 있을 테지만, 물경 수천에 달하는 병력을 그 자리에서 즉흥적으로 움직이게 만드는 것은 천하의 그 어떤 병법가도 가능한 일이 아닌 것이다.

그러나 그런 그들이 오늘 맞이해야 하는 악재는 그것이 다가 아니었다.

또 하나의 악재가, 어쩌면 그들에게 최악의 악재가 다가오고 있었다. 아니, 이미 다가와 있었다.

설무백이 도착한 것이다.

설무백이 도착했을 때, 마교의 진영은 이미 혼란의 도가니로 변해 있었다.

사방에서 불길이 치솟고, 거친 쇳소리와 강렬한 경기의 충돌

속에서 단말마의 비명이 난무하는 아수라장이었다.

"머리 좀 썼네."

마교 진영의 후방이었다.

설무백은 시선에 들어오는 전경만 보고도 제갈명이 무슨 계획으로 어떤 공격을 가했는지 충분히 유추할 수 있었다.

"아직 저쪽은 복잡한 것 같군요."

혈뇌사야의 말이었다.

그의 손이 불타고 있는 마교 진영의 동편을 가리키고 있었다.

"그럼 그쪽부터 가 봐야지."

설무백은 지체 없이 움직였다.

경신술을 펼친 것은 아니나 보통의 걸음걸이와 달리 미끄러지듯 빠르게 나아가는 보법이었다.

철면신이 그 뒤에 바싹 붙었다.

다른 때와 달리 기세가 오른 모습이었다.

사방에서 발하는 마기에 반응하는 것이다.

느긋하게 그런 설무백과 철면신의 뒤를 따르는 혈뇌사야와 달리 공야무륵은 기민하게 쌍도끼를 뽑아 들며 설무백의 측면으로 나섰다.

설무백보다 앞서지는 않지만, 언제든지 설무백의 앞을 막는 적을 제거할 수 있는 위치를 점하는 것이다.

그러나 굳이 그럴 필요가 없는 일이었다.

설무백은 오늘 살수를 망설이지 않을 작정이었고, 실제로 그렇게 손을 썼다.

마교 진영의 측면을 가로막고 있던 목책은 이미 무너진 채로 불타고 있었고, 그 주변에서도 적잖은 인원이 한 대 뒤엉킨 싸움이 벌어지고 있었다.

설무백은 그곳으로 들어서는 순간과 동시에 손을 써서 십여 명의 마졸을 죽였다.

별다른 기공을 운영한 것 같지도 않는데, 그의 손이, 정확히는 손가락이 가리키는 방향에서 싸우던 마졸들의 이마에 동전만 한 구멍이 뚫리며 속절없이 죽어 나갔다.

이렇듯 쉽고 간단하게 사람을 죽여도 되나 싶을 정도로 잔혹한 느낌을 주는 손 속, 무극신화강에 기인한 절대의 지공인 무극신화지의 가공할 신위였다.

"주군!"

장내에 흩어져서 싸우던 풍잔의 인물들이 뒤늦게 설무백을 발견하며 반색하는 가운데, 졸지에 다수의 동료를 잃은 마교의 무리들이 우르르 설무백을 향해 달려들었다.

"죽여라!"

공야무륵이 나서려 했지만, 그보다 빨리 설무백의 손이 움직였다.

한 동작으로 보였으나, 각기 방향을 달리한 십여 개의 빛줄기가 소리 없이 폭사되었다.

퍼벅-!

설무백을 향해 달려들던 마졸들이 마치 하늘에서 떨어진 번개를 맞은 것처럼 비명도 없이 경직되며 통나무처럼 쓰러져 나갔다.

그들의 이마에는 하나같이 동전만 한 구멍이 뚫려 있었다.

"······!"

주변에서 싸우던 마졸들이 더는 공격에 나서지 못한 채 굳어져서 눈치를 보았다.

슬금슬금 물러나는 자들도 눈에 띄었다.

그때 저편에서 싸우던 풍잔의 일원으로 보이는 두 사내가 실로 반가운 기색으로 설무백을 향해 달려왔다.

"주군!"

설무백도 반가운 기색으로 사내들을 맞이했다.

얼굴이고 몸이고 온통 피투성이라 첫눈에 알아보지 못했는데, 사내들은 바로 풍잔의 하부 조직으로 바뀐 백사방의 작도수 이칠과 대도회의 팔비수 양의였다.

"다쳤나?"

"아닙니다! 싸우다 보니······!"

과연 눈여겨보니 이칠과 양의의 몸에는 눈에 띄는 상처가 없었다.

그들의 전신을 물들이고 있는 피는 적의 것이었던 것이다.

"그보다 과연 주군이시네요. 어르신들께서 어쩌면 주군께서 제때 도착할 수도 있다는 말씀을 하시긴 했지만, 정말로 오셨네요. 그 먼 곳에서 어떻게 이렇게 빨리……!"

이칠과 양의는 정말 눈으로 보면서도 믿지 못하겠다는 태도였다.

그들에게 있어 몽고에서 여기 난주까지는 상상으로 이렇게 빨리 도착할 수 없는 거리인 것이다.

그때 그들의 머리위로 검은 그림자가 서렸다.

설무백의 신위에 압도된 마졸들 사이에서 솟구친 흑의사내였다.

그들 중에 섞인 고수 하나가 숨죽이고 있다가 기습한 것이다.

"놈!"

공야무륵이 반사적으로 나서며 쌍도끼를 휘둘렀다.

놀랍게도 흑의사내가 그런 공야무륵의 공격을 회피하며 설무백에게 쇄도해 들었다.

흑의사내는 그 정도의 고수였던 것이다.

설무백은 그런 흑의사내를 향해 손을 쳐들었다.

쇄도하던 흑의사내가 공중에서 그대로 멈추었다.

그가 휘두른 칼이 설무백의 손에 잡힌 까닭이었다.

"으으……!"

흑의사내가 허공에 뜬 상태로 이를 악물며 신음을 흘렸다.

설무백을 바라보는 그의 두 눈은 경악과 불신에 가득 차 있었다.

그럴 수밖에 없는 것이, 그는 지금 주변에서 싸우던 마졸들의 우두머리였다.

정확히는 생사교의 교주 아천기를 보좌하는 생사교의 수뇌 십삼인 중 하나인 흑면마수(黑面魔獸) 척광(戚光)이었고, 마교혈맹록이 부활한다면 능히 등재될 수 있는 마도의 고수였다.

그런 만큼 그는 내심 자신이 있었다.

설령 생사교주 아천기라고 해도 자신의 기습적인 공격은 결코 손해를 보지 않고는 절대 막아 낼 수 없다는 것이 그의 속내였고, 자부심이었던 것이다.

그런데 설무백이 너무나도 쉽고 간단하게 그의 공격을 막아 냈다.

그것도 정수공권이었다.

그의 입장에선 놀랍다 못해 황당한 순간이 아닐 수 없었다.

분명 막을 수 없다고 생각했는데 막혔다.

이유를 모르겠으나 설무백의 손이 내밀어지는 순간, 그는 마치 맥이 풀려 버린 사람처럼 무력해진 결과였다.

왜?

어째서?

"설마……?"

척광은 불현듯 한 가지 가설이 뇌리에 떠올라서 심장이 터져 버릴 것 같은 충격을 받았다.

그런 그의 귓가로 뒤편 어디선가 들려온 누군가의 나직한 중 얼거림이 스쳤다.

"천마공자⋯⋯."

척광은 소스라치게 놀랐다.

지금 들려온 누군가의 뇌까림은 그의 생각과 일치하는 것이 기 때문이다.

그도 같은 생각을 하고 있었다.

이건 분명 마교대종사인 천마대제의 유지를 물려받은 천마 공자만이 가능한 능력이었다.

그러나 그런 척광의 생각은 거기서 그쳤다.

아니, 멈추어졌다.

어디선가 다가온 무지막지한 힘이 그의 머리를 강타했고, 그 는 더 이상 아무런 생각도 할 수 없게 되었다.

퍽-!

척광의 머리가 수박처럼 터져서 붉은 피와 허연 뇌수를 사방 에 흩뿌리고 있었다.

설무백은 반사적으로 나선 철면신의 일격으로 머리가 수박 처럼 터져 나가는 흑의사내의 모습을 외면하며 슬쩍 시선을 돌 렸다.

그의 시선에 들어온 것은 저만치에 떨어져서 눈치를 보고 있 는 마졸들의 사이에 섞인 초로의 늙은이였다.

늙은이가 움찔하며 고개를 숙이는 것으로 설무백의 시선을 피했다.

그 바람에 그가 더욱 도드라졌다.

설무백의 시선이 향하자 그 주변에 있던 자들이 슬금슬금 뒤로 물러났기 때문이다.

설무백은 무심결에 고개를 갸웃했다.

졸개의 복장을 하고 있는 늙은이가 전혀 졸개답지 않은 마기를 갈무리하고 있음을 어렵지 않게 간파한 까닭이었다.

"너는 누구냐?"

늙은이가 당황했다.

설무백은 그대로 신형을 날려서 그런 늙은이의 면전으로 내려섰다.

주변에 있는 사람들 대부분이 시선으로조차 쫓을 수 없을 정도로 빠른 신법, 밤하늘을 가르는 한줄기 유성과도 같은 운신이었다.

늙은이가 흠칫 놀라며 뒷걸음질했다.

그 주변에 있던 마졸들은 대놓고 우르르 물러나고 있었다.

설무백은 태산처럼 우뚝 서서 늙은이를 직시했다.

분노하지 않아도 자연히 드러나는 그의 위엄이 늙은이를 주눅 들게 만든 것 같았다.

늙은이가 새삼 놀라서 거듭 물러나다가 넘어져서 엉덩방아를 찧었다.

설무백은 그런 늙은이를 내려다보며 재차 다그쳤다.

"졸개의 복장을 하고 있지만 졸개가 아니다. 내게 마기를 읽을 수 있는 능력이 있음을 알고 거짓 없이 고해라. 넌 누구냐?"

늙은이가 복잡 미묘한 심경이 드러난 눈빛으로 설무백을 바라보다가 은근슬쩍 동료들의 위치가 멀리 떨어져 있음을 확인하고는 안색을 굳히며 작은 소리로 대답했다.

"지존회(至尊會)라는 조직이 있소. 마교 내부의 비밀조직인데, 마교의 진정한 후계자인 천마공자를 추종하는 조직이오. 이 늙은이는 거기서 연락책을 맞고 있는 제노(濟老)라고 하오."

설무백은 슬쩍 고개를 옆으로 돌려서 혈뇌사야를 바라보았다.

어느새 옆으로 다가와 있던 혈뇌사야가 어깨를 으쓱하며 그의 눈빛이 건네는 질문에 대답했다.

"들어 본 적이 있습니다. 말만 무성했지 그건 한 번도 조직원이 누구라고 밝혀진 적도 없고, 실제로 하는 일도 없어서 그저 말하기 좋아하는 애들이 꾸며 낸 장난인가보다 하고 웃어 넘겼지요. 그런데 이제 보니 실제로 있기는 있는 모양입니다그려."

설무백은 고개를 바로해서 늙은이, 제노를 바라보며 물었다.

"회주가 누구냐?"

제노가 단호하게 대답했다.

"그건 말할 수 없소."

설무백은 사뭇 예리해진 눈빛으로 제노의 시선을 마주하다가 이내 가만히 고개를 끄덕였다.

강하게 다그치려다가 제노의 눈빛이 죽음을 각오한 것으로 보여서 한 발 물러선 것이다.

그때 혈뇌사야가 지나가는 말처럼 중얼거렸다.

"그런 걸 만들어서 건사할 수 있는 사람은 마교에 오직 한 사람뿐입니다."

설무백이 바라보자, 혈뇌사야가 의미심장하게 웃는 낯으로 하던 말을 마저 했다.

"전대 마교총단의 단주인 독수신옹입니다."

설무백은 가만히 고개를 끄덕이며 제노의 기색을 살펴보았다. 하지만 제노의 기색에는 아무런 변화가 없었다.

혈뇌사야의 말이 사실이라면 제노의 정력을 실로 높게 평가해야 할 터였다.

"좋아, 늙은이. 아니, 제노. 지금부터 내 곁을 따른다."

제노가 실소하며 반발했다.

"내가 왜 당신의 명령을 들을 것이라고 생각하오?"

설무백은 대수롭지 않게 제노의 곁을 스쳐서 지나가며 말했다.

"궁금하지 않아? 나의 어떤 점이 더 당신이 추종하는 그 사람과 닮았는지?"

제노가 눈에 띄게 움찔했다.

설무백의 말은 그 어떤 경고나 위협보다도 더 그를 강하게 자극하는 것 같았다.

그는 두말없이 설무백의 뒤를 따르고 있었다.

설무백은 당연히 그럴 줄 알았다는 듯 태연하게 앞으로 나아 갔다.

혈뇌사야와 공야무륵, 철면신이 곁에서 그를 비호하고, 앞서 맞이했던 작도수 이칠과 팔비수 양의가 그 뒤를 따라붙었다.

장내에 흩어져 있던 풍잔의 식구들이 하나둘씩 그 뒤로 합 류하고 있었다.

장내에 있던 마졸들은 감히 그런 설무백의 앞을 막지 못했 다.

다들 주춤주춤 물러나며 길을 열어 주고 있었다.

장내를 벗어난 다음부터는 앞을 막거나 기습적인 공격을 가 하는 자들이 나타났으나, 그들 중 누구도 설무백의 발걸음을 멈추게 하지는 못했다.

공야무륵은 앞서 설무백을 기습한 척광을 제대로 처리하지 못한 것이 못내 마음에 걸리는 모양이었다.

시종일관 살기로 똘똘 뭉쳐서는 가차 없는 살수를 전계해서 그들을 처리했다.

그럼에도 그가 놓친 자는 철면신의 몫이었고, 철면신의 손이 달리면 혈뇌사야가 나서서 길을 열었다.

그 바람에 얼마 지나지 않아서 더 이상 설무백의 앞을 막아 서는 자들은 없게 되었고, 또한 그 바람에 설무백의 뒤를 따르 는 풍잔의 무리는 점점 더 숫자를 더하게 되었다.

천외천의
주인

위지건과 제연청, 사도가 합류했고, 그 뒤를 이어서 다른 무리를 지어서 싸우던 융사와 대력귀 그리고 설산파의 후예인 적우, 녹포괴조의 후예인 부소, 그리고 기련삼마의 후예들인 이신, 이마, 이요 등도 합류해서 그들의 무리는 이내 수백으로 불어났다.

설무백이 본의 아니게 형성된 그 병력을 이끌고 도착한 동편 지역은 아직도 싸움이 한참이었다.

그리고 그 중심에서 가장 치열한 싸우는 무리는 바로 생사교주 아천기와 격전을 벌이는 특공이조, 바로 검노와 예충, 환사, 천월이었다.

아천기는 이미 정상적인 모습이 아니었다.

그야말로 선혈이 낭자한 모습, 크고 작은 상처에서 흘러나오는 핏물이 그의 전신을 붉게 적시는 것도 모자라서 발치를 따라 줄줄 흘러내리고 있었다.

그러나 그는 아직 싸우는 중이었다.

그런 몸으로도 포기하지 않고 검노 등과 대치하고 있었다.

활처럼 크게 휘어진 한 자루 마도를 움켜쥐고 산발한 머리를 휘날리는 그의 전신에서는 여전히 숨 막히게 만드는 강렬한 마기가 뭉클 피어났고, 그의 두 눈은 더 나아가서 그 모든 압도하는 검붉은 광채로 가득했다.

그리고 그런 그를 엇비슷한 모습으로 선혈이 낭자한 두 사람이 비호하고 있었다.

칠이살의 삼인수뇌 중 두 사람인 비살과 마면귀살(馬面鬼殺)
이 바로 그들이었다.

　　애초에 검도 등의 입장에서는 이렇게 길게 갈 싸움이 아니었
다.

　　그들의 기습은 완전히 성공했고, 아천기는 사지에 몰렸었다.

　　그런데 결정적인 순간에 비살과 마면귀살이 이끄는 칠십이
살이 나타나서 아천기를 구했다.

　　비살과 마면귀살은 말할 것도 없고, 칠십이살의 한 명 한 명
은 실로 경지를 이룬 고수들이었다.

　　특히 비살과 마면귀살은 전날 단기 접전에서 잔월이 상대했
던 수라마영보다 오히려 강한 자들이었다.

　　그들이 선봉에 나선 칠십이살의 개입으로 말미암아 검노 등
은 한순간에 승기를 놓치며 오히려 궁지에 몰렸다.

　　중도에 사태를 파악하기 위해서 나선 대력귀와 양웅이 이끄
는 양가장의 고수들이 아니었다면 그들은 작전의 성공은 고사
하고 실로 막대한 피해를 입은 채로 물러나야만 했었을 터였다.

　　지금 장내의 모습이 그와 같은 이전의 상황을 웅변적으로 대
변하고 있었다.

　　검노 등은 하나같이 피흘리는 모습으로 아천기 등과 대치하
고 있고, 대력귀와 양웅이 이끄는 양가장의 고수들과 칠십이살
이 주도하는 생사교의 고수들과 격전을 벌이고 있는 것이다.

　　쿵-!

설무백이 그 자리에 나타났다. 그리고 발을 한 번 굴음으로써 지진을 만난 것처럼 땅을 진동시키고 주변의 공기를 우렁우렁 울게 만들었다.

"……!"

일순, 장내의 싸움이 멈추어졌다.

검노 등과 아천기 등의 치열한 대치도 빛을 바라며 전장의 모든 이목이 설무백에게 집중되었다.

검노 등을 비롯한 풍잔과 양가장의 인물들은 반색하고, 아천기 등을 비롯한 마교 산하 생사교의 무리는 너 나 할 것 없이 모두가 일그러진 표정이 되었다.

풍잔의 인물들은 희망을 마주한 반응이고, 생사교의 무리는 불길한 예감이 심장을 엄습한 것 같은 태도였다.

굳이 누구라고 밝히지 않아도 생사교의 모두가 설무백이 누군지 알고 있는 것이다.

설무백은 장내의 모든 이목이 자신에게 쏠리는 그 순간에 지상을 박차고 날아올랐다.

슈우웅—!

전장의 외각으로 발을 들여놓은 그와 전장의 중심에서 검노 등과 대치하고 있는 아천기 등의 사이에는 어림잡아 십여 장이 넘는 거리가 존재하고 있었다.

짧다면 짧지만 멀다면 먼 그 공간, 그 거리가 거짓말처럼 한순간에 지워지며 흐릿해졌던 설무백의 신형이 그들, 아천기 등의 전면에서 모습을 드러냈다.

"익!"

아천기가 움찔했다.

반면에 아천기를 좌우에서 비호하고 있던 비살과 마면귀살은 반사적으로 솟구쳐서 설무백을 맞이했다.

실로 빨랐다.

설무백의 쇄도를 보고 움직인 것이 아니라 설무백이 쇄도할 것을 알고 먼저 나선 것처럼 느껴질 정도의 반응이었다.

그 때문에 눈에 보이는 상황만 봐서는 비살과 마면귀살이 아천기보다 더 기민하게 대처한 것처럼 느껴졌다.

하지만 사실은 그렇지가 않았다.

아천기는 전광석화와 같은 설무백의 쇄도를 끝까지 주시하고 있었을 뿐이었다.

그에 반해, 비살과 마면귀살은 누가 때리는 시늉으로 주먹을 쳐들면 반사적으로 고개를 숙이며 두 손을 들어 올리는 것처럼 의지와 무관하게 나선 것이었다.

요컨대 설무백이 발하는 압력을 느끼고 견딘 자와 견디지 못한 자의 차이였다.

그 결과는 참혹했다.

턱-!

설무백은 마치 기다린 것처럼 허공에 뜬 채로 두 손을 내밀어서 쇄도하는 비살과 마면귀살의 얼굴을 움켜잡았다.

보통의 사람보다 훨씬 더 큼직한 그의 손바닥은 그리 작지 않은 그들의 얼굴을 완전히 덮어 버렸다.

"어⋯⋯?"

비살과 마면귀살은 저마다 자신이 왜 이렇게 속절없이 당한 것인지 도통 이해할 수 없었다.

분명 자신들도 모르게 반사적으로 신형을 날린 다음에는 내심 이것이 아니다, 실수다 싶어서 아차 했으나, 이내 마음을 다잡고 전력을 기울였다.

그런데 이유를 모르게, 그야말로 이상하게 힘이 들어가지 않고 맥이 풀려 버렸다.

마치 한순간 알 수 없는 힘이 그들의 정신을 통제하는 것 같은 느낌이었다.

"익!"

뒤늦게 그것을 느낀 그들은 피가 나도록 입술을 깨물며 사력을 다해서 수중의 칼을 휘둘렀다.

어떻게든 빠져나가기 위해서 그저 막무가내로 설무백의 손목을 베어 가는 공격이었다.

칵—!

설무백의 손목은 베어지지 않았다.

대리석도 두부처럼 베어 버리는 그들의 칼은 설무백의 손목에 부딪치며 불똥을 일으켰을 뿐이었다.

"누구처럼 사람 보는 눈이 없음을 탓해라."

준엄하게 일갈하는 설무백의 시선은 그들이 아니라 저편에 서 있는 아천기를 주시하고 있었다.

그와 동시에 비살과 마면귀살의 얼굴을 움켜잡은 그의 두 손이 검은 불꽃처럼 이글거렸다.

그가 흡룡력이라고 명명한 흡성대법이었다.

"크으으······!"

비살과 마면귀살이 억눌린 신음을 흘리며 바동거렸다. 그리고 이내 빠르게 쪼그라들며 축 늘어져서 껍데기만 남아 버렸다.

그들은 공중에 떠 있었고, 그래서 장내의 모두가 그 모습을 지켜보고 있었다.

찰나의 순간 동안에 벌어진 그 장면이 그것을 지켜보는 모든 마교도들의 뇌리에 인두로 지진 선명한 각인처럼 새겨지며 절대 잊을 수 없는 기억으로 가슴에 남았다.

어디선가 누군가의 입에서 감탄처럼 혹은 절규처럼 뱉어진 한마디 뇌까림과 함께!

"천마공자!"

다음 권으로 이어집니다